U0131387

夢想邊境

——觀光馬祖・文學啓航

2006馬祖 Matsu 旅遊文學暨電子網頁徵選得獎作品集

指　　導：連江縣政府

主　　辦：連江縣政府觀光局

協　　辦：中國時報人間副刊

馬祖日報、誠品書店

交通部觀光局 馬祖國家風景區管理處

規劃執行：INK 印刻文學生活誌

網路協辦：舒讀網 www.sudu.cc

馬祖日報 www.matsu-news.gov.tw

企業合作：UNI AIR 立榮航空

目次

電子網頁類

評審側記與綜合意見

〈縣長序〉

海上桃花源——馬祖

連江縣政府縣長

記得二十多年前，因爲某種原因離開馬祖，到台灣工作，當時台北偉聳的高廈美樓，寬敞筆直的綠蔭大道，熙來攘往的商圈人潮，炫目耀眼的燦麗夜景，節奏快速的城市步調，都讓我感覺到台北眞是「繁華」，而我總會暗自感嘆：我的家鄉何時才有這般榮景？

但是，幾次公務出國及偷閒旅行，參訪探查國外的城市規劃與自然風情，總發現歐美國家的觀光城鎭，並非如此「繁華」。我便深刻地體會到城市的美並非需要龐大壯麗的建築來襯托，國富民樂更非一味追求紙醉金迷，反而是要表現出自己的特有風格，讓旅行者覺得舒適放鬆，浸染於簡單樸直的空間環境而忘煩解憂、流連忘返。

幾年前我自己又從曾經羨慕的繁華台北，回到家鄉，並受鄉親提攜，擔任縣長服務鄉里，其間我不斷努力思索，家鄉資源少，如何讓鄉親享有富裕生活與提升觀光內涵。當我足跡踏遍四鄉五島，發現被歷史洪流湮沒的蕞爾小島，竟然蘊藏著豐富而獨具的觀光資源：擁有全球瀕臨絕種的鳥類及迥異台灣大陸的生態資源、兩岸冷戰時期軍事的歷史地位與遺跡、不同於台灣的建築風格、獨特人文的閩東文化資產，還有可列入世界遺產的海岸地質景觀，令自己驚嘆不已，遂與行政團隊積極打造一座「海上桃花源」的觀光之島。

馬祖眞的很小，每個小島不到十來平方公里，其中卻蘊含了許多精采故事：有媽祖祖靈的傳奇、有先民胼手胝足奮鬥墾拓的成功經驗、有兩岸對峙緊張的軼史、有軍民一家相處和樂的美談，還有串串隱埋在溫馨角落的許多傳說，片片編織成馬祖容顏，容顏裡的每個故事都值得你駐足去探訪細究。

現在旅遊講得是「慢行」，追求一種放慢步調、輕鬆悠閒自在漫步的新生活型態，馬祖就是這樣，從踏上這塊土地起，你就已經忘記速度的壓力逼迫。來到這裡，立刻浮現一段享受悠閒的美麗時光，一個遠離喧囂的海嶼灘岸，你可以一個人盡情獨擁一大片海灘、一大片萬里晴空。馬祖，連綴般的大小島嶼，正是上帝特意撒落在海上的串串耀眼珍珠，這裡曾是神聖戰地、堅強堡壘，但更顯出其神祕幽靜，這裡的民風淳樸、景致秀麗，輕鬆自在遨遊徜徉，不時發現緩慢是一種美，陪你度個心情假期。

而旅遊創作是種發抒心靈感覺、記錄旅途歷程的文學表達，馬祖人講馬祖的好、馬祖的美、馬祖的浪漫，總是老王賣瓜，缺少了旅人們發自內心的「感動的證據」與共鳴。這次縣府觀光局，結合《印刻文學生活誌》的文學質感，首次舉辦了旅遊文學的徵文活動，吸引了近三百位創作好手熱烈參與，可見馬祖是個可以讓人感動的好地方，今將優勝獲獎作品結集成冊，相信對馬祖的觀光發展有加乘效果，讓馬祖更具吸引魅力與人文質感。此外，林晉任畫家提供畫作參與本專書的藝術呈現與美麗襯托，提升馬祖的人文意境，更加充實與美輪美奐，特此致謝。

拾起您的旅遊好心情，歡迎大家邀伴蒞臨「海上桃花源——馬祖」，一同來卡蹓卡蹓。

〔局長序〕馬祖旅遊文學

讀萬卷書，行萬里路，再寫萬卷書。人生至樂也！

旅遊觸發文學無限的靈感與巧思，文學留下旅遊永恆的記錄與回憶。此次「觀光馬祖・文學啓航」的活動，即是爲了創造馬祖與旅遊與文學三者之間的美麗邂逅。希望以旅者動人的文學作品，爲馬祖的天成美景挹注人文關懷，進而強化旅遊馬祖的深度與廣度；更藉由文學的翅膀，帶領著馬祖的觀光起飛。

騷人墨客的詠嘆，使許多名山聖水千古傳唱，猶如蘇東坡以「欲把西湖比西子，濃粧淡抹總相宜」的詩句來讚美西湖；也同歌德形容「布拉格，是世界上最美麗的寶石！」一般，馬祖也需要文人雅士的加持灌頂，以吸引世人來親近、感受它的美。而旅遊文學除了讓人有

連江縣政府觀光局局長
曹爾元

神遊的快感，可鼓動讀者的心緒，吸引讀者的目光之外，更是一種另類的旅客服務滿意度調查表，如藉以參考改進，將可使馬祖觀光的品質不斷地向上提升。

馬祖是上天撒在閩江口外的一串珍珠，它因當初實施戰地政務的關係，所以開放觀光較晚，又因交通不便，馬祖在許多人的心目中，仍是遙遠又神祕的島嶼。而在近年縣府大力推動「觀光立縣」建設「海上桃花源」，陳縣長也以「發展觀光、藏富於民」爲施政五大主軸之一，確認了觀光發展爲縣政首要，更積極落實各項民生基礎工程和交通便捷建設，打下了讓馬祖起飛的基石。以戰地觀光景點、閩東人文建築風情和精采的島嶼生態旅遊爲重點，並輔以燕鷗生態觀賞等，共同來爲馬祖的觀光事業升級加分。而神話之鳥「黑嘴端鳳頭燕鷗」在馬祖的出現，更是大大提升了馬祖的國際能見度。凡此種種，都是上天垂愛與眾人齊心協力的成果，除了珍惜所有，也當力求精進，以臻至善。

我深愛馬祖，我酷愛旅遊，我熱愛文學！將我的三個所愛相結合，相信絕對有燦爛的火花。願這本書能成爲一份請柬，邀請國人來馬祖旅行；也希望它能成爲一個觸媒，使馬祖人再次重新反芻探究自身美麗的家園！

追思島與海

〈名家筆下的馬祖〉

羊子喬

晌午，旅行文學獎評審會正在進行，七個評審坐在咖啡店裡，思索著如何爲旅行文學下定義、定高下。此時，咖啡似乎已漸漸地冷卻，有人開始掉進往日情懷的文字陷阱。

——從馬祖退伍已三十多年，那裡的風、的雨、的花、草、雲、樹……

——前年才去探望在東莒當兵的小孩，如今已退伍返台工作，心情已淡……

——注視著十幾年前馬祖旅行景點說明書，想像似乎讓往事更遙遠、遙遠……

依稀記得島上的遠景近物，那是秋天滿山滿谷油菊花的福爾摩沙。春天更是野花嫣然，夏天卻熱得無處可躲。在冬天洗澡時，當冰涼的泉水沖在身上，便引發陣陣顫抖，剎那間，讓人知道什麼叫做堅忍。

三十四年前，當兵下部隊，抽中金馬獎，搭著運輸艦從基隆港夜航到北竿。對於單打雙不打的戰地，心中充滿著慌恐和不安，尤其看到幾座荒廢碉堡，當被繪聲繪影、穿鑿附會之後，更是充滿幾分詭異及駭人聽聞。

如今，戰地已成旅遊休閒勝地。從這些應徵作品看到馬祖離島的蛻變，驚覺滄海桑田，也因爲曾是戰地才被蒙上神祕之紗。

※

年過半百，南柯一夢，人生總是不經意地過活。曾在島上的休假日，遇到久年不見的好友，相見時的興奮激情，溢於言表。敘舊訴衷情，先乾三杯酒。在《馬祖日報》「雲台山」上，不經意地讀到好友的詩文，才知道人也在軍旅的島上，就利用休假日遠行長征，煮酒論詩，相濡以沫。

閱讀馬祖書寫，重溫歷史情境，是擔任旅行文學評審最大的樂事。

壁山頂上的遠眺、芹壁村的石屋、酒廠的老酒香、塘岐街上的商家……沿著機場跑道沙灘，夕陽把人影拉長到不知名的遠方……這些文字有如著軍裝時的書寫。年代似乎有些久遠，但是還殘留著幾分記憶。那篇述說遇見婦人的文字，好像在告訴我那曾經是熟人的近況。

※

評分、排名次，終於拍板定案，評審委員都鬆了一口氣。有人還未神清魂醒，依稀臥遊紙上：馬祖秋天的蘆葦，搖臀擺腰；秋月依然天際、海面，相互輝映；異鄉遊子的愁緒比西風還長還冷……那些文藝腔似乎無法揮發，一直盤旋於曾經年少，且為賦新愁強說詞的評審委員的腦際。

當旅行成為一種時尚，書寫就是生活的一部分。在網路文學興起的年代，記憶似乎不再值得典藏。因此透過鍵盤與滑鼠，視窗成為人生際遇的收容所。馬祖也就在網際網路建構風景區，鋪在閩江口的海面，成為一串上帝掉落的珍珠……

東引燈塔　林晉任／繪圖

〔名家筆下的馬祖〕

冬行列島

林文義

冷慄之荒寒，列島兀自以酒取暖
陌生的岩岸，沉眠秋過的小油菊
妳是國境最北的美麗印記
我乃尋之千年的沉靜旅人

戰防砲早已休眠幾乎失憶
鐵軌呰呼喚潮汐曾經禁制地孤獨
只有春來秋去的黑尾燕鷗
眷戀列島若情人倦眼回眸……

前去的飛行航程，思緒糾葛著十多年前的記憶。關於某次夏夜曳航，灰靛色的五二六海軍運輸艦，海象平緩，柔浪萬頃。未能成眠，佇立於前甲板，靜靜地仰看覆著帆布的海欉樹飛彈入神；水兵說，拂曉之後晨六時，首途東引島中柱港，您先生就請入艙安睡吧，八小時航程呢。

雙螺旋槳引擎，五十四人座的立榮航空DHC8-300，從台北松山機場起飛，一小時後抵達馬祖南竿機場。十多年後，對這個國境最北的閩東列島萌生莫名的深邃思念，因爲兒子剛被派駐於更北的東引島服役。

耶誕節前後的一次文學演講，不知是否能夠由南竿渡海去探望已是綠野戰服的兒子，竟多少愁鬱幾分。這般冷慄的寒冬，不曾遠行的他，是否安好？鄉愁以及孤獨，一顆原本沉靜的心就微痛了起來，東引島，在海角天涯。

黑尾燕鷗亦如同一位父親此時，靜靜地飛行，它們也帶著思念前去或者重返？生命裡一種奔騰的決絕以及盼望，分離和重逢皆是悲歡交融，冬行列島，行色悲壯。

※

他們形之北竿芹壁建築，彷彿地中海畔之希臘。那應指夏季所見，陽光下蔚藍一片，石屋疊疊而上，但見石垣轉彎處露台咖啡座，幾朵亞麻仁布遮陽傘綴於其間，冬寒午後，霧漫海域，蒼茫死灰地白，沒有喝咖啡的客人，造景般的電影停格，難道說，冬季不適於前來列島？我卻獨愛此種無人的蕭索，好像戀人相約在芹壁等候。

欣慰的是，感謝馬祖友人陳其標君一路相伴，北竿芹壁是他的家鄉。昨午在南竿馬祖高中的文學演講一完，就帶我急趨機場，搭上九人座的直升機飛向七十公里外的東引島，言明兒子已在等候，這意外驚喜彷彿一夢。

安東坑道，野戰服的兒子引領在前，後面的父親靜靜凝視他沉著、矯健的背影，正在幹訓班技測階段，他指著營房前水泥屛障上威武雄壯的猛虎頭像，亦親筆參予。安東坑道很長，深入地層，據說是黑尾燕鷗的棲息之地。

這時刻，對少年軍人的兒子還是陌生，才報到近兩個月，還有整整一年歲月，要在東引島安身立命。哪怕不忍，還是引以爲傲，親愛的兒子，你要在此學習堅強。如燕鷗之矯健，若油菊之溫柔，更要像東湧燈塔深知責任。

雨濕霧冷，遺世獨立之閩東列島，據說兩百年前，海盜蔡牽於此藏寶，後爲清朝之水軍提督王得祿所滅。歷史留存，傳說荒蕪，只有島民敬奉的「白馬尊王」神祇得以印證，或說世世代代洄游的黃魚族群亦不干他事。

※

昔時所有鐫刻於岩壁的標語，而今是反諷的神話；福澳港前的銅像，餐風露宿地遙眺永遠無以歸返的家園。一衣帶水，綿延壯闊的大陸，曾經熟稔，漸去漸遠終究陌生。銅像千古之鄉愁，是悲憤或不甘，是私欲或壯懷未盡？埋骨多年，魂魄仍在流浪嗎？自始不曾認同於島國讓他安身立命，疏離了事實，遺恨於子民，哪怕這閩東列島亦僅是這獨裁者的「復國」之前哨，是否曾經懸念島民安危於心？他所斷送的是多少人的青春，生離死別的冤屈，如何僅是一尊歲月剝蝕的銅像，虛妄的鄉愁所能償還？

咖啡廣告裡，搭乘交通船返鄉的出嫁女兒，見及晨光乍現的閩東列島，才是最真摯、感人的一幕；含淚欣喜，怕連文學都難以形之一二，從大島的異鄉回到小島的家園，冬季冷藍之海，串連記憶，百浬航渡猶若幸福致意。

晨起於南竿以南的旅店，香醇燙熱的咖啡，美麗的女主人昨夜所贈法國紅酒，繫以心型賀卡，祝我生日快樂。旅店名之「日光海岸」，喜愛極簡式清水砌構築，靜坐於向晚陽台，崖下的「北海坑道」與暮色漸濃的海深情接壤，我獨自在心底呼喚遠方戀人之名，可惜她未同行。決意攜此贈禮返台時，與之同飲，訴說冬行列島的對她思念。

更南的東莒和西莒未能前去，寒流過境的冬季，如同身置最北的東引島上戍守的兒子，青春、堅強的少年軍人們，請接受我最眞摯的致敬，從幽柔的油菊，鍛鍊成勇健的磐石，冬寒夏炙，你們是所有父親最驕傲的稱許。

這是二〇〇四年十二月下旬的冬行列島記事。

田沃村景　林晉任／繪圖

〈名家筆下的馬祖〉

未完成的馬祖之旅

羅葉

我算是停筆一段時日了，最近意外受邀擔任馬祖旅遊文學獎的決審工作，又遵囑撰文一篇共襄盛舉，不免擔心自己無法順利交差；因我與馬祖失聯已久，缺乏適度的資訊更新，深怕只憑著回憶書寫會有「刻板印象」的危險。如此猶豫數日，將以前寫過的遊記詩文重新審視，回想起迄今三度走訪馬祖的點滴，彷彿能力所及的都已寫就，再沒什麼剩餘？偏偏交稿期限在即，我也只好硬著頭皮，試著來談談第四次的馬祖之旅。

但前面已經聲明「迄今三度走訪馬祖」了，既然如此，何來第四次的馬祖之旅呢？是的！這說法並不妥當，精確地說，那應該是一次「未實現的馬祖之旅」，而考量到若干當事人迄今仍有加以實現的意志，我寧願稱之爲「未完成的馬祖之旅」，期待著有朝一日終能成行。

※

二○○二年六月，我在永和社區大學開設「文學欣賞與寫作」課程已近三年，陸續認識了不少朋友，其中頗多婆婆媽媽阿姨大姊，帶給我關懷溫暖，也改變我原本孤冷的性格。當時詩集《病愛與救贖》即將出版，在創作上像是進入一個空窗期；在生涯規劃上也面臨轉變（預備遷居宜蘭並擔任小學教師），因此文學創作幾乎暫停，在休養生息的狀態裡，幾經班上同學熱情慫恿，我便受託籌組一支「馬祖旅遊團」帶隊出遊。

之所以選定馬祖，是阿姨大姊們的共識，而她們多半又受我影響。因我曾將馬祖經驗寫成隨筆數萬字、新詩二十餘首，更蒙連江縣政府頒發一紙「榮譽縣民證」，社大朋友們透過我的轉述，對馬祖風光產生嚮往，於是我似乎有義務讓她們一償夙願，兼也探視數年不見的友人。

正所謂「出門靠朋友」，赴外島旅遊也不例外，我直覺該向連江縣議員曹以雄先生求助。曹是南竿鄉選出的議員，出身牛角村（現名復興村），一九九九年二月底我參加「牛角村藝術家進駐」，便是以這村落爲基地，而那次活動正是曹發起的。曹先生爲人親切，即使是在事後數年，他仍會來電探問我健康狀況，邀我擇日再訪馬祖，這樣的情誼令人感念。所以我敢大膽求助，並且獲派專人接洽，針對行程安排、食宿規劃、交通接送等都縝密規劃，七月間，我們的馬祖之旅便要出發了。

※

選定某個良辰吉時，全團十一人集結於松山機場，個個備齊行李、滿心歡喜，預備迎接這美麗假期。無奈天候不佳，班機停飛，我們從清晨七點等到十點半，遲遲無法候補登機，那期間最積極的作法便是質問地勤人員，抱怨之聲不絕於耳。

類似的經驗，對馬祖旅台民眾已經司空見慣了，而我也不陌生。一九九七年十二月，首度參加「芹壁村藝術家進駐」，行前曾因北竿機場起霧而臨時停飛，苦等了四個鐘頭才候補登機。當時我就深感馬祖民眾的無奈，暗想不知有多少遊子會因此懶得返鄉，多少戰地情人因此疏遠：等待令人蒼老，而焦慮轉爲放棄。

但「等待」經常又是弱勢者的唯一選擇！能夠等、等得到，有時似乎就該滿足了。倘若像一九九九年參加「牛角村藝術家進駐」那回，可就辛苦了。當時我們在機場枯等一上午，航空公司才宣布取消當天所有班次，而隔天尚不知能否放晴；爲免延誤行程，我們緊急應變，從機場趕往松山火車站，到了基隆再搭「臺馬輪」。在那過程裡，經由主辦單位強力聯繫，總算爲我們挪出艙位，從晚間九點鐘登船，抵達南竿福澳碼頭時已是翌日清晨六點半了！我曾在一篇隨筆中寫著：「他穿上厚衣，走出船艙，發現甲板被浪花沖洗得潔淨異常，海面上滿是愁雲慘霧……，浪濤受阻於消波塊，船身不再左右搖晃了。然而，直到他踏上這個花崗岩島嶼，半夜裡經由地板竄入體內的那股天殺的暈眩，依舊在他腦海中興風作浪；他覺得，自己和自己的胃，就像大船的肚子裡納著小船，而島嶼在被他踏上的那瞬間，堅硬的花崗岩質地全都變成了波浪……。」

歷經那樣的浪盪飄搖，我絲毫不想再重溫舊夢，更擔心阿姨大姊們承受不住，因此絕不考慮改走水路。而航空公司繼續推託，先前叫罵的民眾不再浪費唇舌，陸續有人離去，邊走邊怨嘆明天再來。但我們無法那麼聽天由命：因爲婆婆媽媽們好不容易才將各自的家務打點妥當、協調出一段時間、帶著大包小包踏上這外島之旅，如此難得的假期豈容延誤，一旦回頭更可能淪爲家人「笑柄」，造成心理的傷害。

※

我們將事情的嚴重性告訴地勤人員，意外獲得了正視，於是眾人被請進貴賓室協調，最後結果是「將降落地點改爲金門」，亦即變更了旅遊目標，而機票獲得優惠折扣。在極短時間內，又透過各路人馬緊急聯繫，安排食宿交通，等到飛機降落尙義機場，配套作業也已底定了。

就這樣，我們沒去成馬祖，沒見到地中海風情的芹壁聚落，沒住進花崗岩鋪砌的石屋民宿，也沒走入酒香瀰漫的八八坑道與戰魂浮動的北海坑道。對於無緣再一親芳澤的馬祖老酒，我要深深說一聲抱歉；對於美味的淡菜、佛手、紅糟鰻等等，我也覺得過意不去；對於神話之鳥黑嘴端鳳頭燕鷗，我們依舊無法目睹（或許這樣對牠們更好）；而對於馬祖日漸興起的觀光事業、小三通、國軍精實案，乃至南竿機場整建啓用，我也只能從媒體上得知，再加上一些自己的想像。

事隔又數年，當初在馬祖結識的朋友幾乎都失去聯繫，我很懷念北竿文協的義工們（陳世鑽、陳貴忠、王天和、李中心、倪秀娟、陳秀玲、王禮義等等），我懷念牛角村聚落保存的義工們（曹以雄、曹楷智、謝昭華、曹常永等等），我也想念先後參與藝術進駐的林銓居、陳朝興、林保寶、何經泰、蘇旺伸、許雨仁等人。

去到一個地方，認識一群可敬人物，是令人喜悅的，但終因現實流離而疏遠，又不免讓人感傷。爲此，我無意多談馬祖風光，感覺那人事變化儘管短暫卻最是有情；瑰麗恆久的景致值得一看，倒也已有導覽手冊詳盡描述，讀者大可按圖索驥、多走多看，卻未必要重複書寫。

正應了「眼前有景道不得」，美麗的許是山川風土，溫暖心房的卻總是平凡人物。我希望還有機會踏上那未完成的旅途，也想再看看一襲唐裝的曹以雄先生。雖然人事景物紛紛變化了。

旅遊

文學

首獎

歐陽嘉

夢想邊境

從本島到馬祖，在青春的最前線，不食人間煙火、細數四季移防。原來，在邊境，才是我的胎衣之地。

這一天，我又重返登高南竿的夢裡了。

以福山爲起點、從福澳碼頭出發，眼球一「卡蹓」（馬祖話：出去玩），便停佇閩江口的馬尾港前，我記得妳說，這是一條通返祖居的路。

當時的福澳碼頭才在擴建，牛角嶺的犄角坡剛被怪手鏟平、準備興建機場。爲了小三通，妳急欲妝點，粉紅色石竹、洋紅色石蒜，和鵝黃色的月見草花等，全是最亮眼的天然披飾。

妳總是默默的、披著厚重古老的霧紗，在福山「枕戈待旦」斗大題字嚴密監控下正常作息。面對迢迢的歸鄉路，妳帶著出嫁心情，仿似歡慶、又似拘謹，當渡冬的燕鷗悄悄替妳築造大波浪髮捲巢，石竹、石蒜以最喜氣的布料充當花僮，妳悄悄將馬港、四維、津沙、鐵板、山隴、牛角、清水……等孩子喚到身邊，一一點醒，透過晨曦，一家人全光鮮起來。

夢境，以風的速度迎面、掃過田野，野斑鳩咕咕啼叫，似對妳的美麗聲聲召喚。

妳的美是會換季的。譬如北竿、妳的頸項，總在入秋之際，任狗娃花延伸成淡紫色長巾，混搭石蒜（紅花石蒜，或開粉色花瓣的馬祖石蒜）的流行時尚素材攀附其上，其「見花不見葉，見葉不見花」特性，富有哲思，適合形塑阿兵哥「離島不離家，離家不離島」的思鄉執據。他們一身濃厚的相思綠衫，時日一長，便將苦楝望成「苦戀」的領圈，直到天寒地凍，任金合歡喬裝成歡樂的耶誕旗手，按捺潮的望鄉慾望。

至於我，周旋在妳身邊，南竿、北竿，還有莒光，一年十個月的軍旅生涯，單調、蒼白、自以爲是的暗澹青春，總自嘲「三島由紀夫」。

大文豪似的調性，總因著妳的美麗油然喚起。我在暗壓壓的坑道裡沉思，那是思緒最清亮的祕境，任體外凝結濕漉漉水氣，在想像力陸沉的過程中，體內適足發酵更深度的漂浮狀態，慢慢凝結成文學的輪廓，一種不畏懼戰地前線的武裝慣性。

於是我書寫、並預言這段命定的偶遇，註定成爲我和妳、旅遊和文學之間休戚與共的命運載體。

每一天，妳的美便擴延一點。

我和情人提及莒光，那是妳的裙襬側緣。值觀海哨的那些日子裡，天空總是淺淺淡淡的藍，浪的織紋細細碎碎，將沙灘裁剪成大荷葉邊，一旁木麻黃一字排開，蓬鬆成最招搖的一束綠帶。

視線搆及的遠方是林幼嶼。馬祖列島最南境的小島、邊境的邊境，素色的、點綴浪的條紋和碎花小配件，靜定成一種藝術線條。事實上，莒光的美是不夜的，在東莒，國軍留下一座足以照亮閩江的燈塔，個性鮮明的人工照明，搭配天上的星光、地上的螢火等天然鎂光燈，映照島嶼舞台上，大埔石刻的古老傳說。

西莒也是。漫天燕鷗沿順蛇山的褲縫低空巡弋，妳的裙角經風一掀，擺落成菜埔澳的潮間帶，一旦退潮，陸連島成爲量身訂作的斗篷，撥開每一磚石縫，都可見生命魔法師裁縫過的逐一細節。

但我眞懂妳嗎？

不。在妳神祕面紗裡，還藏著高登、亮島、東引、西引，在濃密大霧的遮掩下，看得見卻望不穿，仿似每一座礁島，都像鋪落珍珠串鍊的衣裝。鏡頭下，妳幾乎是盛裝的，攏佩緞帶式的龜爪溝、裸貝鈕釦、翡翠綠的濱柃木自然排序，點綴肩線之上，任浪在胸口揉出一絲皺摺，不折不扣的陰性流動之美。

還有芹壁、津沙，花崗岩深鏤的石厝斜坡羅列，蠟灰色筆調、古拙而粗糙的、專屬閩東建築美學的獨特元素。

閩東的美學，當然需要美食，和美酒的醍醐灌頂才對味。

譬如，早餐來一碗鼎邊糊，細細品味在來米粿片的滑順口感，和湯頭裡豐富的魚鮮食材。還有馬祖貝果（繼光餅）、竹莢魚（粗鹽醃）等傳統手藝，海鋼盔、筆架（佛手）、竹蟶、花蛤、野生淡菜等當地食鮮，搭配時令的美酒：夏天飲地瓜燒（類似清酒的蒸餾酒）、颳北風便改喝馬祖老酒，家常的福州料理、美酒，伴著敦厚的霧、趨光的星，讓慣性流連於夜店、KTV歌坊的孤寂靈魂安靜下來，在星光的燃燒下，擁有恆溫的溫柔懷抱。

如此一來，軍人喬裝住民、住民喬裝觀光食客，《乞丐王子》的生活情節，活生生在夢和現實、光和暗的坑道裡跳接巡梭。

爾今，開放觀光之後，高效率的飛機和台馬航線，密實的像一條拉鏈，遊子毋須移動漫漫足跡，便輕易聚攏在海天一色的漸層下，讓目光的極限無限擴延。不復當年，軍中行旅的牙牙學步，每一次位移都充滿肅殺氣味，現在不了，如今，每一次高速平穩的舒適折返，恍如置身詩境、深層意念下的究極美感，任妳在新聞不斷擴大版面、字裡行間透射光芒。

妳自信的笑，卻有些擔憂的再次探詢：「真喜歡現在的我嗎？」

充滿暗示性的。

我當然也聽說，有人抱怨某些工程罔顧生態、以及觀光客蜂擁之後，垃圾、缺水難題難保不令妳感到疲憊。彷彿每一次人爲推進，必然成爲冒犯，對妳力圖時髦的諸多指涉，種種攸關生態保育的責難，總是捷足先登。

也許他們是對的。妳的美，無可名狀、無法言說，其實不容任何人為霸占。
但妳甘願在軍事最前線，日以繼夜的承載、包容難以消弭的人工氣味。
並且依然復古。閩東品味的堅持、忠於原味的妝點，任誰遇見了妳，都願意進一步深入。
馬祖，在邊境，一個充滿夢想的幸福核心。

牛角石屋　林晉任／繪圖

歐陽嘉

一九七四年生，
西班牙薩拉曼加大學畢，
曾旅居西班牙和美國，業餘寫作。
在兩岸三地得了一些文學獎、拍過幾支廣告，
酷愛旅行、擅長泳，
三歲的西高地白梗「樂樂」和英國迷你兔「波波」是陪寫的靈感來源。

得獎感言

每每接到得獎通知、都會先高興一下下，然後在回覆電子檔同時，把得獎作品瀏覽一遍。多數的時候，會發現幾個錯字、贅詞，甚至詞不達意的敘述，不夠完美的失落感，常常將甫得獎的喜悅厚厚埋葬。

獲獎了，鞭策的力道，卻遠大於鼓勵的性質。

關於作品，我想，在每個人心目中，都有這麼一座夢想邊境吧！它一直在那裡、座標明顯，卻總困惑著忙碌的我們，不知如何平順走過去。結果，夢想逐漸邊緣化、變成生命中的一個暗影，然後被視覺拋離、在記憶裡留下一個可有可無的遺憾。

於是我書寫，也算是一種自我鞭策，提醒自己別忘了，某些不該失去的夢想和追求。

優選

羅世孝

有7—11真好

不知道是不是外面的陽光正盛，所以導致店內的光線不足，產生了強烈的陰暗對比，我聽著早已不知多久沒有上油的老式吊掛在天花板的風扇嘎嘎嘎的旋轉，彷彿帶領進入店內者來到一種只存在過往雜貨店裡凝結住的陳舊時光。而老媽躺在木製的斜躺椅上寐著，臉上蓋著一份《馬祖日報》。

我示意爸並不要驚醒她，讓她好好休息。不知怎麼的，想起小時候奶奶也常常躺在那個由竹子一片接著一片做成的長椅上小憩，偶爾有飛進來的蒼蠅，她總是也會在擾人的嗡嗡聲之後，拿起覆蓋在臉上的《馬祖日報》反射性的揮打盤旋在上空的蒼蠅。

「鈴鈴——噹噹——」忽然推門被二個穿著背心的陌生人給推開了，老媽被掛在門上的具有警示性的銅鈴給驚醒，像打蒼蠅具備的反射性一樣的立刻從長椅上彈起。一看到我，她難掩欣喜的說：「你什麼時候回來了？」然後順勢走向二位看起來應該是觀光客的樣子，向他們做起生意。

「鈴噹——鈴噹——」小時候放學，在屋內做功課的時候，總是要聽見門口掛的銅鈴來來回回響個好幾回，我總是佩服假寐的爺奶他們為什麼可以那麼快的對鈴聲做出反應。

「名產、高粱！看看喔！」老媽的口氣聽不出什麼熱情，一副隨便你愛買不愛的態度。

二名觀光客在那邊拿著裝著各式糕餅的袋子端詳著老半天，忽然又把東西放下，不發一語的默默的走了出去。

老媽則站在貨架的另一端，什麼都沒說的繼續躺回長椅上睡覺。

我走過去看了一下他們剛剛拿起的名產袋子，上面的有效期限早已經過期三個月。仔細一看，貨架上早已堆滿微細的灰塵遍布在一袋袋也許早過期的名產或餅乾的包裝袋上。

二

我爸說7－11就開在我們家對面。

白天還看不太出來它跟我們家的雜貨店有什麼差別，到了晚上，強力照射的日光燈從裡面放射出來，把擦得光可鑑人的玻璃透射得像個奇幻的魔術盒子，在一向入夜後就迅速暗淡下來的港口天空，顯得有種奇異的吸引力。

它的開幕就像在平靜的小島商圈投下一顆原子彈般，我知道大多數的雜貨店都沒有辦法存活下來訴說自己悲慘的命運！

聽著我爸他們流傳著關於7－11各種賺了多少錢的耳語，不過在最後的結尾總是惋惜加上再三的惋惜，大家總是這麼的嘆息著說爲什麼這家店不是自己先開的呢？

我曾嘗試站在外面觀察，一個小時伴隨著叮咚叮咚的門鈴聲進出的人數，可能是整區商家一天加起來的人數總合還超過吧？

想起來小時候最喜歡跟著大人賣東西給阿兵哥。每到假日就會有一堆阿兵哥蜂擁而上擠滿了整個小小的街道，我最喜歡把手浸在冰冰的飲料筒裡，一手拿飲料給阿兵哥一手拿錢的感覺自己好像是一個小小老闆般的，能幫家裡做生意在我小小的內心是多麼的得意。

後來去了台灣之後，我才知道原來在馬祖當過兵的人大都很討厭這個地方，每每有人知道我是從馬祖來的，回憶起這個讓他們恨得牙癢癢的外島當兵生涯，大部分的馬祖人絕對不會是他們懷念的風景。

每次聽到人家只管叫我們搶錢的「馬ㄎㄧㄤ」時，我總是尷尬的笑著不便回應什麼，這都是過去的事情了，我自知不需要爲他們的回憶動怒，因爲那是屬於他們個人腦海裡珍藏的東西。

三

只是時代總是一直在變，快得讓我們追趕的速度來不及而顯得踉蹌不已。

也許我太習慣台北了，對沿街氾濫到快要滿溢的各式便利商店早已經覺得是生活上習以爲常的必需品，都快忘了未曾體會過這些美好便利與快捷服務的離島居民，這次是他們熱烈的歡迎擁抱美好的資本主義將觸角伸向他們而去。

看著爸媽他們面對生意的嚴重流失，一廂情願認爲年輕人回來接管生意就會變好，我迫切的想知道當初還留在本地繼續經營家族生意的那些童年玩伴們，此刻面對兵源流失跟現代化經營的大轉變，對未來營生會有什麼不同的想法？

不過，思考再三，我還是決定走進7－11買一瓶我鍾愛的進口啤酒，請櫃檯小姐幫我把瓶蓋打開，我忍不住吸了一大口要溢出來的綿密泡沫。在我離去的時候，自動門上的擋風牆從我身後驀然的嘩嘩嘩的由上往下，吹向我一身的涼風。

我忍不住回頭張望了一下高掛在牆上那巨大而明亮的招牌，再度將手上的啤酒喝了一口，腦中莫名的迴響起台灣的廣告那熟悉的旋律「有7－11眞好！」

未來該何去何從？沒有人能把答案交給我。

乾吧！把老爸他們的義憤塡膺搭配剩餘的啤酒一飲而盡，在夏日的晚風之中，我騎著機車，在這潮打孤寂的夜色中，一個人緩緩融入總是散滿暈黃光線的環島公路裡。

羅世孝

現從事個人寫作、創作等工作。
曾獲國內重要文學獎《聯合報》寶島小說首獎，
全國學生文學獎首獎，九歌少年文學獎等等，
並在麥田、九歌出版過二本個人小說，
希望能以快樂創作的方式將寫作經驗傳承給需要的孩子。

得獎感言

來到馬祖，看到周遭商店蕭條與7—11一枝獨秀的獨占市場，不禁讓我想起面對商業快速競爭之下，少了兵源爲經濟來源的馬祖地區，要重新以觀光業跟除了本島以外還得將整個亞洲的觀光區來競爭，是否會淪爲跟馬祖島內那些跟不上時代腳步而萎縮的商店一樣，成爲適者生存的一個殘酷縮影呢？

希望大家能有智慧跟遠見好好的經營這個美麗的小島，過去因爲軍事用途做得太少，未來因爲商業生存，希望大家能做得更好。

優選

蘇量義

飛躍海峽中線後

春天才剛過完，初夏的夜裡，乾涸太久的港口無法凝結成一片霧氣。時令才入夏卻還驅不散偶爾南下的冷空氣。我靠著欄杆吃完手邊最後一根關東煮，看看時間也差不多該上船了。

入夜後的基隆碼頭，炫目的水銀燈，襯托出墨色無邊的海洋。沿著空盪的樓梯往上，一度以爲這是空無一人的大樓，僅有的一艘船駛向夢的邊境。我試圖發出一點聲音，來確定自己的存在。走廊盡頭，與牆壁垂直的門透著光，我轉進候船室以爲就要像村上春樹在《發條鳥年代記》書中所寫一樣，穿過厚重的牆到另外一個世界。

沒想到候船室裡面早就聚集了一堆人，最顯眼的大概就是身著草綠迷彩的軍人，其他就是那種經歷風吹日曬過後沉默如岩石般的老人，非假日，年輕人很少。到櫃檯取票後隨即登船，對照著船票上的號碼，找到我的床鋪，擺好行李就走到船艙外。

離開大半時間居住的陸地，雖然雙腳踏著船板，但是世界卻隨之搖晃起來。朔月，天空海色一片墨黑，輪船緩慢的駛離港口，在一定的距離後，海岸藉著點點燈光，溫柔地暈染出一個朦朧的輪廓。

飛機這樣便捷，你問我爲什麼執意要搭這長長八小時的船到達彼岸？我笑著問我自己，爲什麼？

等待讓距離美好。這是我唯一能想出來的答案。

在暗黑無邊的夜色中，我看見一群白色小鳥振翅，腹部緊貼著海面自船舷旁消逝而過。回到船艙，初離港的興奮已趨於平緩，大部分的乘客都回到床上休息，人聲漸緩而緊掩的床簾後偶爾傳來沉穩的打呼聲。走道盡頭，還不肯睡去的阿兵哥，安靜的翻著書。我拉上門簾，船身不停的上下起伏，失重般的重複深淺不一的搖晃。海浪拍打著船舷，一直沒有停過。

清晨，細瑣的人聲宛如海潮，朦朧中張開眼睛，窗外已經泛著光。隨便收拾了毯子，披上昨夜的外套。一夜的泛潮，椅子上有著一層薄薄的水霧。早起的老夫婦

牛角依嬤的店

看起來應該已經醒來多時，兩人面海安靜地坐著。老婆婆幫老先生立起領子，順便整整她的頭髮，這樣的清晨，海風吹來還是略帶寒意。她拿出身旁袋子裡的雪花糕，用手剝了一塊遞給老先生，無聲卻默契十足。我看著，不忍將眼光離開。

我想著，當我年老時，會是誰這樣剝著一塊糕點遞給我？無關溫飽只是這一個動作就是一生一世了。遠方，島的形狀在乳白的薄霧中染著墨綠，安穩且具體的顯現著。

船在港口開始打圈，將船身畫個弧輕輕的往碼頭靠去，遠方的廣場上矗立著一面水泥牆，寫著中柱港。碼頭工人操作著起重機，在港口維修著什麼。風很大，揚起漫天的風沙。牆的背後是無盡相思林。

沒有討價還價的租了摩托車，這個島這樣小，也沒有講價的必要，你亦無法騎太遠。而軍民一家，常搞不清楚我到底是在營區騎車還是整個島的士兵都放假了。穿過這個門、那道牆，背後一群戴著鋼盔的小兵正在上基本教練，一個口令九個兵一式一樣動作著，或拿槍兩兩一組的上教習。戰爭太遠，所有的革命都是一種非現實的存在。我們反覆練習的是不安全遺留下來的潛意識？

於是我在安東坑道口用力的打開開關，坑道內傳來地鳴似的電氣聲響，沿著山壁亮起一排的燈泡，一個階梯一個濕漉。坑道內牌子上字跡依稀可以辨認的寫著這裡曾是庫房、中山室、養豬場、寢室……。而無論怎樣整理過，總有一些來不及帶走的文具帳本。會議室內日光燈閃爍下總有一張孤零零的桌子，開著不會完也完不了的會議，小小的談話傳來回音，隱約之中總覺得混雜著另一些聲音，我傾耳細聽，無法分辨。

在如蟻穴的坑道中，廊道的盡頭，有著一抹光。像所有蔓生的植物一般，我匍匐著意識往光那一頭前進。海風就在這裡吹進來，光漫射著，潮音不斷。沿著峭壁築出的平台原本是個哨所拓寬，男孩說：「你看，我就在那個碉堡打電話給你的。」女孩順著男孩強壯的臂膀穿過這片海往山的那邊看去。陽光太強，剪影般的側臉我看不見他們的表情。這個島鎖住了多少一年十個月的相思，蔓延成一片山林。滿山金黃花序是多少青春無言的愛戀。

東引之東湧燈塔

臺馬輪的探照燈

離開了坑道，下午天氣開始陰晴不定。順著起伏不大的稜線，遠遠的看見東湧燈塔。以爲要下雨的天，在一個轉彎後卻陽光乍現，把白牆跟懸崖峭壁照得對比分明。黑色欄杆、白色的牆，沿著山勢蜿蜒而上，海風自底面吹來，揚起我的髮。手機完全收不到訊號。距離太遠，海潮與風聲已經分辨不出來。我在無人的山崖，坐在階梯上，閉著眼睛，感受那個午後溫潤的陽光。

但溫度隨著陽光傾斜的角度，快速散逸。在天光尚明，回到市區。南澳是東引最主要的部落，恪於「一鄉至少兩村」的規定，所以沿著「中路」被一分爲二。西爲中柳，東爲樂華。沿著中路走到底，就是天后宮。

所有討海的地方，就會有媽祖守護著。我走過一扇門進入天后宮，裡面燈光昏黃，看不見什麼。走到廟埕，天的盡頭是海。想著：每個地方都會有不同的神守護著，我們是多麼脆弱。那在愛情的戰場上，有誰守護我們？

我在廟埕望著海天交界處，天光一寸一寸的暗下去，在這狗狼難分的幾寸光陰中，希冀著能看見日落前的一抹綠光。身後的廟門關起，門板上的門神無言的與我一起望向海面，街燈亮起，一盞盞黃橙橙的，瞬間天空已然漆黑一片。

星星出來了，人聲嗡嗡也隨著低下去了。

蘇量義

一九七四年生，

雲林科技大學視覺傳達設計學系畢業，

現為美術設計師。

得獎感言

這個世界有時候比我們想像的還小。

基隆到馬祖短短幾個小時，沿著台灣海峽，地圖上也不過就像是裂縫般的存在。可是當船離開港口後，遠處那個微彎的海平面，眼睛所及就是天涯海角了。五月底的馬祖其實還不到觀光旺季，微涼的海水並不適合下水，空曠的沙灘頓時就更遼闊了。

還是喜歡旅行，即便無法到太遠的地方，換個交通工具，似乎就有了出發的感覺。沒有我、沒有你的地方就可以稱爲遠方，而我總在沒有你的地方想念你。

出發前沒做過太多的功課，但是馬祖導覽手冊設計得非常詳盡，收集了一堆後，回來攤開在桌上，對照著以數位做紀錄的照片，心中總會有個聲音說：「啊！那裡我去過……」然後很歐巴桑觀光客般的高興著。

藉著這次機會，回想那次的旅行，寫出照片沒記錄到的細節，似乎舊地重遊一番。過度熬夜後導致的暈眩，自己不禁傻笑著，喔！原來暈船還沒退。

優選

蹤影

藺奕

你從不怕遠行的。從蘭嶼到本島，在基隆「韋昌嶺」靜候接駁，數小時航行的兵船上，同船的阿兵哥都是漢人，但你說自己並不孤單，因爲有不少同梯，你們一起成年禮。

當船緩緩接近東引、朝中柱港的航道前行，你一聽說，東引是我國領土的極北境，想起自己正從國土最南境提槍前來，一股光榮感、便從胸口極圈似的輻射開來。

你被配置在花崗岩厚厚覆蓋下的安東坑道，入口幾近三十度角的陡坡，就算未全副武裝，下去一趟也備感費力。進入後兵分兩路，左側是豬圈、右側才是士官兵活動範圍，寢室、廚房，和彈藥庫一路蜿蜒，兩側刻有「雄壯」、「威武」等色塊和標題，在透光的盡頭處，洩露煙硝的蹤影。

你強調，這條坑道，全是國軍弟兄一刀一斧、竭盡心血鑿出來的。

就像家鄉的拼板舟那麼充滿生命力，存在海天之間，坑道成了島上的守護神。

從此你遁入地道，來無影去無蹤，人在東引，卻過著東瀛忍者生活。

和同梯的菜鳥不同，他們一開始水土不服，有人怕黑不敢睡，有人因爲潮濕惹一腳掌的香港腳，你卻好端端的。你說坑道的悶鹹氣味，像極了傳統部落的地下屋，你很快就能掌握，坑道裡極細微的光影變化，感受光的流動、漂移，或滅滅。趁光影晃動，家的行蹤，在你心裡的內海清晰呈現，在東引，離家這麼遠、感覺卻如此親暱。

你得意，說菜鳥除了怕黑、還畏光。當他們一接近坑道底的砲台口，感受前線陣地的緊張態勢，面部表情立即僵硬起來。

但你不同，你很快就能自得其樂，純視覺性的。譬如，你在砲台發現一種鳥類，尖喙黑色的，和到蘭嶼家鄉渡冬的小燕鷗很像，然而，再仔細端詳，尾翼竟烏漆漆一片，原來這是「黑尾燕鷗」。每年入冬至初春時分來此築巢，東引島由於海崖陡峭嶙峋，成為黑尾燕鷗繁殖的最南境。

都沒想到，在指向海面的砲台口，一抬眼即可近距離直擊。（後來聽說，消失六十年、全球僅存約一百隻的神話之鳥：黑嘴端鳳頭燕鷗在馬祖又現蹤影。）

你身在前線、卻維持獵人的好心情，像天地一沙鷗那般自在。

但還是會想家。

所以，未返本島的假期，你到南竿，你說北海坑道有家的味道。井字形、八百米長、過去專供登陸小艇搶灘的水道，退潮時，水深四米、漲潮則高約八米，整條步道全數淹沒，因此必須掐準退潮時間進入。在燕鷗保護區的雙子礁視線範圍內，一腳踏入，靜聽海潮的迴音在坑道內交替踩著，你說那潮音、在記憶的縫隙裡遠遠近近，每一次去聽，高低起伏的潮水節奏，想像海龍蛙兵坑內操舟、一如族人駕拼板舟的下槳力道，你說那是離家最近的聽覺線索。

東引聽濤的地方也有許多。譬如一線天，一貼近「天縫聽濤」大紅字的峭壁底下，一陣陣濤湧便迎面逼仄而來。或者造訪「義女烈坑」、「太白天聲」，置身其中，瞭望一地老鼠沙，觀浪、聽濤、感受大霧的微粒鹽分子不斷擠壓、任風恣意搓洗，你說自己好像竹竿上的醃飛魚，等待濃濃鄉愁慢慢風乾。

每個小島都有一座燈塔。東引燈塔比蘭嶼燈塔個頭略矮，日治時期由英籍海關總稅務司赫德監造，現爲三級古蹟。深藍色圓頂、蠶白色塔身，矗立鯨藍色海平面上，看盡遠航船隻的浮沉，當天色漸暗、霧色漸濃，塔頂光束一睜開眼，深深淺淺的洋面，全漂浮足以辨識歸鄉路的光。

總之，樂趣全是海島性的。

所以，不論你派赴羅漢坪據點、大紫澳據點、忠義據點、三甲桶據點……，以爲就像洋流的正常循環，你不怕也不覺苦。

你唯一怕冷。你說東引的冷是刺骨的，一旦強烈大陸冷氣團濛濛南下，海風斧斧，最密實的棉質軍裝，也像紙片被寒風輕易砍斷。

但你有好辦法。

你說，東引酒廠出產的高粱酒口感敦潤，配一把現採岩螺、佛手，既下酒又袪風禦寒。你曾經拎幾瓶東引陳高返回蘭嶼，聽說ama（達悟語：父親）找了一缸子老人到家裡，在酒精味覺的漫遊之下、一喝便開心的聊到天亮。

然而，東引的美，就像甕底的老酒，深深沉在恆常陰暗的記憶坑道裡，被生活壓力的現實閘門牢牢閉鎖。自認識你以來，你不停地講、一遍又一遍，直到孩子出生，你答應找一天，帶我們母子一道去，見識那迂迴的戰備坑道、漫空的燕鷗，和家鄉共同唱和的濤聲……

但那一天接到電話，聽聞在高雄工作的你，自高高的鷹架重重跌下，心像玻璃酒杯碎了一地，但記憶東引的罈竟完好無缺。

你覺得自己眞是幸運，四肢無礙，只有椎間盤岔出、壓迫神經造成半身癱瘓，你說話時顯得吃力、管不住口水，我一邊替你擦拭、眼淚幾乎是奪眶而出的。

你倒是樂觀，說自己會認眞復健、快快站立起來。

更沒有忘記，要帶我們母子倆走訪「蹤影」。

含糊不清的咬字、卻無礙眼神裡的堅定。你提筆寫下「事在人爲，人定勝天」幾個字，才想起當年你在中柱島參與執行貫接東、西引二島任務，這句成語，正是島上的岩壁石刻呀！

記憶東引，成爲振奮心情的最佳緩解。

彷彿你腿斷了，憑意志力的彈射、便具備獨立遠行的巨大能量，想像力幻化成神話之鳥不停北飛，東引的背影、似黑尾燕鷗的尾翼漸漸濃黑，一如電影運鏡的畫面，視覺的、聽覺的、味覺的美持續流動，看似遙遠、卻未曾遮斷片刻。

跨越左支右絀的記憶海圖，東引的蹤影清晰可見。

東引的美，有你的蹤影。

冬之津沙　林晉任／繪圖

藺　奕

五年級末段班，美國北卡羅萊納大學畢，
具備資訊管理和財金碩士等基本智能。
遊歷過國會助理、電腦工程師、算命、翻譯、
財務分析師、股票操盤手等行業，
曾獲經濟部金書獎最佳譯者，
著有電腦書和財經書，氣功、種田迷戀中。

得獎感言

在齊備基礎科學養成、以及資訊科技專業訓練的初始，自信進口一手價昂的投資理財法術，從此就與榮華富貴並行了。孰不知馳騁在物慾橫流的渡口，方才理解人情現實的波瀾與俗媚，直到一支禿筆亮成一座燈塔，才倉皇地將文字一一解纜成一句句詞條、將鉛塊卸甲、錨泊在安定性靈的碼頭，從此，得以氣定神閒地進入神農嘗百草的荒境，施行堯舜世代以來就不曾荒廢的古老巡禮。

近不惑之年才嘗試寫作，是人生板凳深度的一種試探，當青春歲月跨越中場，便奢求透過書寫，延續生命的後防，藉由得獎、一記偶發性的長射成功，豐富我的生命行囊。

套用金融投資術語，我覺得寫作是一種長期投資，是豐富生命的重要資產。近年悠遊在文字城堡和神農百草之中，漸次摸索興趣，還意外成爲另一擎經濟支柱，過去穿梭在數字的萬獸叢林，反倒成爲一種興趣化、休閒化的樂活狀態，而必須承認，人生的無常與無涯。

想聽明牌嗎？我只能偷偷告訴你，我依然持續加碼閱讀、氣功和對老婆的言聽計從，同時不斷從無謂應酬和生氣之中規律性撤資。

至於近況，打算年底在南投買一塊農地，躲進山裡練功、當密醫、種果樹，或者偷閒寫幾篇電影或舞台劇本。

佳作

黃千華

福爾摩莎的福爾摩沙

霧

和馬祖連繫，第一件要事便是霧。首先你的視線要能穿過，在飛機起降的那時刻，一位機長說，視線要能穿過那層霧。如果那層霧使地平線模糊，飛機不能平安的起飛、降落，旅人就要在機場等候。只是爲什麼馬祖的地平線，特別容易模糊？因爲島很小。

濃

沒錯，因爲島很小。所以所有的一切，都好像被濃縮。你不能有片刻的疏忽，走在馬祖的路上，我感覺自己皮膚上神經分布得突然濃密。它們正貪婪的探觸著，幾乎使得我的細胞因濃稠的美的汁液而飽滿。

日光海岸

在馬祖，四季也像密集的浪潮向岸襲來使你無法忽略，使你只能乖乖的和它一起，起、浮。你深深的被捲入的，還有清晨。從第一個呼吸起。

我在日光海岸舒服而黑白分明的房間醒來，感覺像睡在美術館。但唯一彩色的，可能是我身上的睡衣，和，從小小落地門……讓眼光爭先恐後擠出去的……那一片漂渺深遠的……風景圖。綠，和藍，或是銀，你以爲它很靜。衝出去，站在如後現代法國美術館的粗糙水泥地和牆邊。發現，它遠遠的，在動，那山，中的樹，上的葉子，那海，中的浪，捲起的白色泡沫。

襲捲，襲捲。

啊，我此刻正在天堂中。

東莒

我們乘坐船，前進，在捲曲的白色泡沫線條不斷交叉之中，往一個更小的島。因爲更小，一切更濃。密集的小鎮商店街，一轉彎……就進入像夢裡的，獨自一個人走的小徑。通往一個沒有人的，古時的……小鎮街道，現在只剩磚和瓦，和迴盪在空氣中的問號。再一轉彎……

卻見巖峻的岩塊，巍峨聳立在天際，膝下呼嘯著，是磅礴的大海！

啊，此刻我又覺得自己像是在電影裡。

而且在一部盪氣迴腸、淒美浪漫，心臟因劇烈變化而激動不已的電影裡。

一轉彎，在島的另一邊，夜，悄悄降臨。靜謐的夜，把她自己化爲小水滴般晶瑩剔透的藍寶石，一滴、一滴的溶化在這馬祖上空的小酒杯。

北海坑道

一走進北海坑道立刻被一團厚厚的寧靜襲吻。你看不見它，但不能忽略它的存在。你的雙腳被釘住在打平的石頭裡，眼睛的玻璃球被圍繞的超現實美景完全佔據，生平第一次，玻璃體幻化成完美對稱的珠玉，身體因而動彈不得。

這是眞實的世界嗎？找不到縫隙，眞實的世界和反映的世界一樣清晰。不可置信。越走近，越難以分離。這會是佛說的圓嗎？

當你沉浸在那山壁和水中倒立的山壁，望著那中心點，而失去理智。當你的心因這個圓太圓，而想哭。這一瞬間……

是否，心靈就被帶離粗糙的物質世界，飛往那琉璃般細緻透亮的永恆國度？

時間

在馬祖的時候，時間，彷彿不存在。或者它以一種濃度太高的方式所以，世俗的日子顯得百般無意義。我常常覺得馬祖，是一顆水晶球，我是站在前面的吉卜賽女郎，每一次不小心投入球裡面變幻絢麗彩光四射的影像。深深的相信著，這是真實的世界。

每一次來到馬祖，我最希望地平線在回家的那天早上又起霧，讓我，平白得到一天無事可做的時間，好好投入濃密的感覺中樞，再多帶一箱行李塞滿瓶裝的藍色記憶，好回去台北，慢慢，一天一滴，在眼睛。

藍海

去馬祖之前我曾在台北某一片牆上畫了一幅大大的，海。一個路過的人剛從馬祖回來，斬釘截鐵的說這是馬祖的藍。我說但我從沒去、也沒想過去馬祖，這是我想像的海。如果要說，也是想像中，希臘的愛琴海。

後來，半信半疑，我來到馬祖，才明白，馬祖的藍、和海，就是我魂牽夢繫的希臘愛琴海。

再見

那次，我搭船回來。想更慢的，一吋一吋再記憶這藍。假想徐志摩搭船去英國一樣的速度，期盼假期無限期再延伸出去。

我靠著鐵欄杆，望著急駛的船但永遠不倒退的海。我感覺著速度，感覺著，好像永遠回不了台灣，好像永遠離不開馬祖……

……這種感覺，帶給我安全、幸福。

鐵板巷弄　林晉任／繪圖

黃千華

我是yellow。
我是個自由的靈魂。
我喜歡換職業。換科系。我每天都想脫胎換骨。
在台灣學科學。去法國學電影。回來之後。畫畫。寫小說。
我很喜歡飛機場。因為那是所有大幅變動的起點。所以我很難寫簡歷。
我在牆壁上咖啡廳畫大幅壁畫。我曾做紀錄片攝影師。
參加十天不能看別人不能說話的避靜。
我喜歡一個人旅行。很久。我在餐廳端過盤子。
我是誰？就是一個永遠在變動中的靈魂。
但我真的想要當作家。
我的至今一生顯影。在我的部落格裏：
http://tw.myblog.yahoo.com/yellow7flowers-forever428/
請來看吧……

得獎感言

得到這個獎，不能說太意外，也不能說意料之中。得到佳作，不能說太滿意，也不能說不滿意。總之，這是我得到的，第一個文學獎。我的濫觴。

我很感謝，主辦單位、馬祖、印刻文學，及所有評審。

作爲作家，以前，走過的孤獨、歲月，不能說消失了，但可能不會再緊緊跟隨。

六年前我開始寫小說，那時候的我不會打電腦，也不想，我是金牛座所以很堅持。

以至於我的作品，能發表的僅限於詩。當然還可能有別的不成熟……等原因。

今年，我突然開竅，開始用電腦。於是一連串的突破在我生命中發生，也許也是我的作品到達了某種成熟。

我開始和人群接觸。

我以前可以說有點自閉。現在，我有自己的部落格。我每天都去，放作品、和網友互動，有些是很深入的。

我的生命開始有了別人，有了溫暖。我也要感謝那些每天來讀我作品的人。他們讓我感覺不孤獨。更有勇氣往下走。

我喜歡這樣的群體生活。

這樣的與人交流。

我的小說、詩、散文，都是抱著想與人交流寫的。把生命一剎那的感動，記下來！與別人分享。

我是眞的愛馬祖，尤其是它的藍。我想這是我得獎的眞正原因。

謝謝。

佳作

曾彥勳

一個人的旅行

一

你永遠不會知道我對你是有多麼的在意。

在最後一天的旅途結束之前，我們搭著船來到北竿坐飛機回台北。看著在小艇旁的你，搖搖晃晃的旅程中也可以睡得這麼安詳，不禁佩服起你常常掛在嘴邊自誇的好眠。

一個人容易入睡是最幸福不過的事情了吧？看著你安詳而均勻呼吸的側臉，我想起來前二天在南竿的小旅館裡，夜裡我是如此輾轉難眠無法入睡的時候，就是這樣趁著你熟睡的時候，偷偷端詳著你緊閉的雙眼。

也許你終究是無法查覺我對你的感覺，就像原本是打算做一個人自我放逐的旅行，怎麼料到你會跟著我說也要一起來這個一般人不會想來的地方旅行。

因爲我在這裡當過兵，你卻純粹只是要散散心。

第一天開始，在上萬英呎卻失靈的空調中，熱出一身汗的我們，看著小小的景窗外倏然變大的島嶼，在震盪中降落。

租著機車沒在旅館多做停留，立刻騎到以前當兵的彈藥庫前面看看。我喋喋不休的跟你訴說著以前在馬祖當兵，還是菜鳥的時候是怎麼樣子的被學長欺負。這是男人的通病，當兵時受越多苦，彷彿在事後的詮釋時就擁有越多的發表權。

兵運很好從來沒受過什麼苦的你，興味昂然的聽著我的悲慘的過去，竟然爲自己當兵時過得太好而感到有些歹勢起來。

一靠近那個昔日以爲離去就不會再回頭，想跟它徹底切除乾淨的二年囚牢似的軍營前，荷槍的哨兵就如以前的我一樣，機警的看著二個不速之客的闖入，爲了不爲難阿兵哥，我們只得匆匆撤離。

來到了鐵堡，我告訴你以前在坑道搬完彈藥之後，最喜歡的就是下來買一個加蛋的馬祖蚵嗲來吃。

你津津有味的聽著我說的每一句話，陽光灑在通往海灘的蜿蜒小道上，通過長滿綠色藤蔓植物的舊式石厝建築，我們一前一後彷彿有種置身在地中海的小島錯覺。

我們爬向山上的坑道外頭，告訴你第一次接受搬運彈藥的震撼教育。聽著我略帶誇張的描述，二人一起站在山頭看著夕陽將海洋染成一片波光粼粼的金黃。

閒步來到下面的沙灘上，旁邊的懸崖上的軍營還展示著幾具炮台還是戰鬥工具之類的器材，塗抹成墨綠、咖啡等大地色系的軍事設施跟下面沙灘上玩得盡興的小孩子們，產生一種奇異的對比。

我們走進沙灘靠近一看，才發現垃圾眞多。

你抱怨著台灣的海邊怎麼最常見的風景竟然是垃圾跟俗稱石粽子的消波塊？然後振振有詞的發表了一些關於環保的看法，我趕緊把手中原本也想順勢丟出的紙袋找個滿出來的垃圾筒處理好。

二

第二天早晨我們睡過頭了。

你是因爲一夜好眠，我則是難以入眠。

昨晚二個人坐在酒廠的對面的草皮上，看著天上的星星聊著彼此的感情。我知道你是爲了女友的事情才想臨時找個地方逃避。也許，不管同異，在遇到了愛情這件事情，我們不是都一樣要經歷快樂和傷心？

當天夜晚，聽著你輕輕的發出的鼾聲，我想起來多年前在那個炎熱的夏日寢室裡，我也曾這樣專注的凝視身旁熟睡中的鄰兵。

你也許永遠不會了解，凝視一個睡在身邊的人，爲什麼會讓人如此心悸。

繼續第二天的馬祖之旅，就是單純的玩樂拍照了，我們就如此隨興的騎著機車到處的亂看，在那個你一直很想進去的漂亮咖啡館裡，我們坐在外面吹著天然的海風聊著未來的人生該怎麼行進。

但是，二個人還是未曾一起入鏡。

去了北海坑道，幽暗的坑道讓我們討論起前面鑿出的山洞是用來放器具還是給人住的？路面很濕滑，坑內又沒什麼人，你亦步亦趨的跟著我，靠著手機上發出的微光，避免撞到走道上的山壁。

我說，想不想聽歌？

你說好呀！

於是我用擴音放出了一首我最近常聽的西洋歌，也許是因爲坑道裡有加大回音的效果，小小的手機喇叭竟製造出一種開闊的音效。

你跟著歌手一起哼唱自己也不知道意思的旋律，幽黯的坑道彷彿不再那麼陰森了，只是你會想知道我放的那首歌其實是叫做「This Love」嗎？

三

下午要去北竿搭飛機前，你堅持說一定要去那個全島唯一的泳池游泳，沒想到中午休息，要等到二點才開放。

不得已的情況，我們來到昨天才在游泳池旁邊比賽自由式誰快的海灘曬太陽。只是我才下水沒多久，竟然在海裡左胸迎面撞上一塊暗藏在水中的礁石。

傷口的血水和著鹹濕的海水一直滴落，匆匆跑到游泳池求救生員借藥擦，你說回去換你載我好了。

我一手壓著左胸靠近心臟的傷口，一手抓著車後的扶手，都這個時候了，我還是沒有勇氣將手伸向你的身體。坐在後座看著日光照射在你後頸的汗毛上，微微的在海風中飄動，我忽然不再感到身體上有任何一絲疼痛。

四

下了船之後，距離最晚一班飛機，我們還有三個小時好去著名的芹壁村看看。

遠遠的一看到那保持完善的村落，我們異口同聲的發出不該把前二天都放在南竿的後悔聲。

要怎麼形容芹壁村的美麗？我只能說三天之中，大部分的照片都是在這裡拍取。你拍完照片後說要去下面那片精緻而美麗的沙灘上走走，然後我們開始臆測起游向那個不遠的龜島要多久的時間？

你很想游，卻很有義氣的說我還是在這裡陪你好了。

我知道你很想游。此刻不游過去，不知何時會再來這個北方的小島？我看得出你內心的渴求。

傷口痛一下就會麻木，但遺憾總是比較長久。

我說，我陪你一起游。

我沒想過擦滿藥膏的傷口在面對海水的侵蝕時原來是完全沒有任何抵抗力的，你在前面快速的游著，像被解開枷鎖的海豚，偶爾回過頭問用一隻手划行的我，會不會痛？

還好，不會很痛，在漂浮的海中，如此回答的我看著你先爬上了矗立在海中的巨大石塊。

我小心翼翼的走到小島上的紀念碑上看著後面的海景，我問你要不要過來看一看，只顧剝著薄脆的風化石片的你，卻乾脆的回應著不要。

五

機身在上萬英呎的高空微微的顫抖，這次你沒有睡著，我們一起看著底下的台北夜景，你沒有再問過我的傷口痛不痛。

我知道你終究會再回去你女朋友的身邊，而這三天二夜旅程，其實我總當是自己一個人旅行，只不過是旅行在你給的天堂之中。

至於隱隱作痛的傷口就當作是暗戀的代價。左胸口，這不正好是一種隱喻嗎？人家的心是遺留在愛情海之中，而我，則是掉落在北竿的芹壁村裡，相信我，有一天我會再重新回到這裡，將掉落的回憶放回這個受過傷後復原而更加強壯的胸膛之中。

西莒西坵民居　林晉任／繪圖

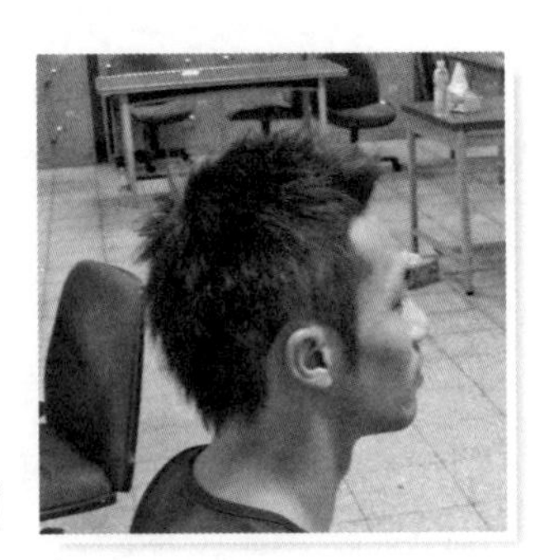

曾彥勳

筆名查克，
一九八〇年生，
台灣大學資工畢，喜歡旅遊及運動。

得獎感言

事後想想，當初寫這篇東西實在有太多耽溺的情緒存在文章裏面，而忽略了原本眞正旅行的意義了。

一向大家都這麼說，出去旅行的同伴很重要。像我這樣子把眼中的焦點都放在一個可能一輩子情感上都不會有交集的人身上，而忽略了原來眞正的風景其實是滿可惜的，幸好人的關係，總是免不了有一天會離散，而那些美麗的風景只要好好保存，總是能再舊地重遊好好欣賞其中的美麗。

感謝評審給了我這個肯定，讓我有了重回北竿這個美麗的島嶼的好理由了。

佳作

千帆盡去西莒島

邱坤豪

冬季時，這裡強勁的東北季風常讓人無法站直，迷霧鎖住整個島嶼，十度以下的低溫易使人手腳凍傷，缺水、限電及資訊的封閉，讓人想逃離這座小島，來這裡當兵彷彿是被暫時監禁似的……

「這輩子我再也不回來馬祖，尤其是這個鳥不生蛋的無聊小島……。」十年前，在馬祖西莒當兵的我，在退伍前夕，暗自在心中湧現這樣的想法。沒想到，最近夢中卻常出現當兵時的片段及關於西莒的景物，於是我決定鼓起勇氣重回這座小島。

這天我從南竿福澳港搭乘小白船往莒光，小白船不似記憶中的搖晃，船艙整齊、乾淨。先東後西的船班，在東莒靠岸後，同船一批批觀光客魚貫下了船。我環顧四周，要去西莒的人除了少數當地居民，清一色都是著草綠服的軍人，我在這個時空中成了僅有的異數。

「到了！到了！」一位少校官階的軍人大聲地喊著，同船的阿兵哥卻個個面無表情地準備收拾行囊。記憶將我拉回十年前，某次去南竿洽公，我像個小學生參加遠足般的興奮，人口只有數千人的南竿，卻成了心中繁華熱鬧的大城。數天後，在無奈及失落中又返回這座小島。

遠方房舍隨著船的接近慢慢清晰，一整片白色的建築物傍著地勢而起，青帆港就在眼前。熟悉的中正門被新建的碼頭取代了，白色候船大樓裡，海巡弟兄好奇地看著我，也許對他來說這個地方難得出現觀光客。

我決定用最原始的方法來重新認識這座二點三六平方公里的島嶼。頭頂炙熱的陽光下，我沿著環島公路徒步前進。依稀還記得連隊的位置，我往記憶走去。記憶中西莒最美麗的地方就在我們的據點「一八二高地」，這是島嶼的最高點。站在那，向四周望去，整個西莒島都在腳下，東側山腳的田澳村，保留了一些傳統的老建築，充滿懷舊氣氛，更遠處可看到東莒島；西邊近岸的蛇山小島，宛如一條出沒在波瀾中的海蛇，而大陸沿海山巒則清楚可見。在萬里晴空的夜晚，銀河就穿過一八二高地上空，滿天星斗使人醉心，伴著海面上點點亮光的大陸漁船，西莒的夜是如此令人難忘。

前方雜亂的芒草佔據了往據點的方向，連路的痕跡都快看不見，距離山頂還有一大段距離，這下

據點—西坵—青帆港曾是我固定的西莒路線。

子我慌了，熟悉的道路竟模糊起來，十年的變化讓我不得不放棄前進。

地形起伏大是西莒的特色，時而上坡、時而下坡的道路多了一些美化，環島公路邊建造了許多步道，解說牌也提供關於這座島嶼的資訊。原本戰備道改成健行步道，頹圮的碉堡變成了觀光涼亭，馬路上不再如以往隨處可見阿兵哥，廢棄的軍營房舍也變多，「同島一命」的精神標語依然昂揚。十年後的西莒變的不一樣，這個曾是馬祖最前線、最重要的軍事據點，隨著軍隊的精實案，戰地的風采已慢慢退去。

位在島北端的菜埔澳，是我初次造訪的地方，很難想像在西莒也有這麼美麗的岩石海岸，尖銳嶙峋的花崗岩以放射狀的姿態深入海中，礫石的海灘成了特有的景觀。陡峭的崩崖是軍事上最好的屏障，一旁的軍事碉堡仍有弟兄戍守著，軍事設施融合在大自然的景致裡，成了西莒戰地最美麗的區域色彩。

環島公路上我順著記憶前行，回到西坵村，這是島上軍事氣息最重的地區之一，幹訓班、英雄館都在此。這裡只剩下五、六戶人家，小小的聚落卻是阿兵哥民生的寄託。數饅頭的六百多個日子中，我只是過客，一心想逃離。島休時，總是與同梯弟兄躲在這裡的小吃攤及雜貨店中鬼混，消磨青春。難得的返台假，我則直奔港口，恨不得馬上離開這裡。據點——西坵——青帆港成了我固定的西莒路線，匆忙的腳步忘了品味這小島。

順著道路我來到青帆，一直喜歡這源自「青蕃」的地名，千帆聚集的氣勢代表著舊有的繁華。大片白色建築物底下顯現的是成排的木造老街，巷弄間仍保留著淳樸的氣息，寂靜是這裡唯一的語言。轉個角落出現的反共標語，「解救大陸同胞」、「克敵致勝」、「效忠領袖」總是令人會心一笑，提醒我這裡曾是戰地中的戰地。門口健談的老人，操著我聽不太懂的福州話，一再訴說這裡曾有的熱鬧景象，言談中多了些許落寞。這裡曾經繁榮到被稱爲「小香港」，如今空盪的街道，看不到昔日應有的人潮，就連阿兵哥也沒見到。緩慢的生活步調，常令人以爲時間暫停，漫步在此，錯覺自己仍是十年前身著草綠服的

青帆村巷弄

輕狂少年。

西莒就像一座過客島，許多年輕人懷著不同想法渡海來此，守著國土的北疆，日復一日，年復一年，完成那所謂應盡的義務。阿兵哥一批批來到島上，如潮水般更替，卻很少人會駐足欣賞。十年前的當兵點滴，充滿有甘有苦的記憶，讓自己不得不承認，在這個島嶼上，我經歷許多磨練與成長，一個男孩學習獨立、成熟及自信，外島當兵的經驗是如此令人刻骨銘心啊！

傍晚時分，沿著蜿蜒小路走向坤丘，太陽的餘暉灑滿天空，橘紅色的霞光映在海上，蛇山有如海中仙島，

西坵幹訓班

偶爾飛起的燕鷗總教人神往。徐徐的海風吹來，讓人忘了身在何方。這趟旅程，我如燕鷗般，尋著回鄉的路，一路上少了十年前當兵時戰戰兢兢的心境，卻多了些悠閒與自在。我在這裡拾起了回憶，也終於明白夢境中的片段是西莒的呼喚。如今，我倒慶幸自己是在這座島上當兵。「西莒！下次我會再回來的！」我在心中如此想著。

邱坤豪

一九七四年生，苗栗人，
中央大學應用地質所畢業，
現為桃園農工地理教師，喜歡閱讀與旅遊。

得獎感言

在馬祖，阿兵哥與觀光客的身分，常會造成心境上絕大的反差。「金馬獎」對大多數男孩子來說，總是避之唯恐不及；而馬祖的聚落、燈塔與碧海藍天卻是遊人的最愛。很幸運，這兩種身分我都曾經有過。

西莒在馬祖列島中並不特別突出，觀光景點不多，但對於曾在此當兵的人來說，卻是人生難忘的回憶。這篇拙作是獻給曾在西莒當兵的好友柏維，及所有捍衛國土北疆的弟兄們。

感謝連續兩年陪我到馬祖的妻子，以及好友小羊在文學創作上的鼓勵。最後，感謝主辦單位及評審，讓我有機會透過文字表達我對馬祖的情感。

入選

黃溫庭

慢活的島嶼

「快速」與「緩慢」不僅僅是用來形容轉換的速度，也是一種生存方式或生活哲學的簡單說法。緩慢代表：冷靜、謹愼、樂於接納、平靜、重直覺、不慌不忙、有耐心、思考周密、質重於量，如此才能與人、與文化、與工作、與食物、與一切建立眞實而有意義的接觸。

——二〇〇五年，《慢活》，歐諾黑（Carl Honore）

到馬祖旅行最常看到的風景，就是老人家就著板凳乘涼。時間悠悠地流走，彷彿機器遺失了發條，緩慢的生活步調似乎是馬祖各聚落的共貌。

西莒島青帆村，白色房舍沿山坡櫛比鱗次排列著。過去曾是國軍調防到馬祖的指揮基地，五〇年代因中共介入韓戰，致使美國企業與我方合作，大批物資運補，讓青帆村有了「小香港」封號，一片熱鬧景象。但隨著韓戰平息，青帆村也失去昔日光采。今日的青帆村依舊爲西莒人口最集中的地區，遊走其間，販賣著阿兵哥生活用品的雜貨鋪，路邊的精神標語，讓人彷彿進入了另一個時空長巷。

爲尋找飲料解渴，我踏入彷彿一切凍結在七、八〇年代的「三友商行」。與明亮的超商不同，這兒有著歲月的泛黃色調。幾大排置物架，放著各式雜貨，以當時來看算是不小的規模。兩鬢花白的老闆娘一邊剝蔥，一邊與我聊著。「我在這裡，台灣與福州都有房。想住哪，就去哪！」「西島的生意大不如前。人老了！也不用太操勞。」「既然這樣，爲什麼不乾脆去台灣給子女奉養呢？」「這兒靜，習慣了嘛！」

北竿是馬祖第二大島，塘岐村號稱是熱鬧的村落，可是除了一些仰賴軍人生意的行業及土產店之外，店鋪黯淡無光，街道空盪，行人三三兩兩。往南到坂里村，更是蕭條一場。鐵門關的關，即使鐵門拉起，坐著的也盡是老人家。相較於外觀整齊新穎的坂里國小，諷刺異常。中壯年及年輕人到底去哪？

上村的雜貨店阿姨給了我解答：「以

芹壁村

前生意好得很，日用品、香雞排、飲料都有，洗衣、理髮全包。可是大約一年前國軍精實案啓動，外島部隊大幅縮編，需求減少，當地依賴官兵的服務業慢慢萎縮。生意不好做，不分男女只好紛紛往台灣本島跑。」

「那發展觀光好不好？」「這也是一大問題！馬祖冬天的東北季風強勁，遊客集中在夏天，冬天很少。但夏季天候又不穩定，颱風一來，遊客裹足不前、心驚膽跳。即使夏季能撐，寒冬照樣蕭條。」

歷史給了馬祖幾次舞台表演機會，氣旺時，人聲鼎沸，叱吒聲光；曲終時，人煙散去，滿目寂涼。有的表演者逐人群而居，尋找新舞台而去。有些留下的，無奈接受，期待下一場人群的來臨。除此之外，我搭訕過的東莒阿姨，是另一個例子。

「中午天氣這麼熱！您怎麼待在這亭子啊？」「等一下我要去海邊挖貝殼，剖後冰起來，煮湯或炒過都好吃。」「這兒好生活嗎？」「年輕時在台灣打拚，退休後回來住。先生出海釣魚，我在自家前後種種菜，偶爾挖挖花蛤，還過得去啦！」「聽起來挺愜意的，那爲什麼不住台灣呢？」「十幾坪的房子，走來走去就那麼大，悶啊！這兒多廣闊啊！愛去哪就去哪。」「朋友來住幾天，都很喜歡。不過近來兼著做民宿，比較忙了，呵呵！」

馬祖的慢，深愛此道的人不少，吸引著氣味相投的回鄉遊子，在這樣的空間及時間裡

「眞實」的活著。我這個急切旅客，剛開始走馬看花貪婪地想遍覽書上的景點，後來也被馬祖的慢馴服了，除了被居民的態度感染，還因爲她的強力助手——颱風。

行程末了幾天，民宿外風疾雨烈，從窗縫滲入的雨水，將窗台濕成了一片。推窗一探，景物籠罩著一層低明度的灰，只有那洗刷過的綠，唯一凸顯。偌大的客廳，早些旅客已經逃離了，剩我滯留。翻著桌上旅遊雜誌。啊！好絢麗飽滿的色調！張耀所記錄的法國布列塔尼，令人神遊，色彩光豔。想像走在陽光和煦的聖米歇爾修道院，圍繞著我的不再是淋漓濕氣與烏雲綿綿。

闔上旅遊雜誌，受不了悶極的無聊，決定撐著雨傘，出門探險。前日湛藍的海及天，都成了一片迷離白灰；原本陽光下石牆帶點淡淡鎘黃，如今鬱

雨天裡，芹壁往上村步道旁的蝸牛。

著濃濃象牙黑。難道老天留我下來，是爲了要我體會芹壁蕭瑟的美？

芹壁往上村的步道有兩條，分別爲四百階及五百階。我則是沒有目標，且看且走，一切隨緣。雨中步道林蔭蓊鬱，石階邊偶有臨時匯流的細水，雨聲、鳥聲、腳步聲，聲響不絕。原本以爲大雨天，動物爲了躲雨會隱藏不見。不過還是可以察見鳥囀樹梢，毛毛蟲成群聚集葉背。這廂黃綠細紋芋葉上，有隻胡克綠小螽斯；那廂分食腐爛芋梗的，有凡戴克棕色蝸牛，和白玉殼上一條赭紅的同伴。

正如網路上旅遊前輩所說：「去馬祖就是要抱著不確定何時回來的心情，只要有一項東西達到預期目標，就是賺到，就是福氣！」原訂五天四夜的自由行被颱風加長成八天七夜，想要「快活」，也不得不「慢活」了。

筆者此行受助許多，得感謝可愛和善的馬祖人們。尤其是熟女們，她們在生活中體現了慢活的眞義，啓發我跳脫急切的觀光客角色，放慢腳步去感受馬祖閑靜的美。

黃溫庭

國立新竹師院美勞教育學系畢業（現新竹教育大學），在新竹、台北、屏東等地舉辦多次個展及聯展。現為屏東縣古華國小士文分校教師，網誌「福熊樂多小屋」板主（http://blog.yam.com/winteam）。

入選

吳梅榮

最後的夢土

耳邊咻咻的風聲吹著正響，雪白色的半圍牆雖然擋住了風，頭髮仍是被吹得難以駕馭，一旁的遊客帶著孩子在草地上打滾、嬉鬧，離去時，他們在耳上別了金黃色的狗尾草，映著一片淡淡粉紅的天空，向最後溫柔陽光告別。永留嶼的那端依稀的光線伴著幾隻燕鷗，緩緩的藍紫色從雲端暈染開來，聳立的燈塔被襯得更純白，一塊塊花崗岩的岩縫間，竟沒有一絲絲的裂痕，這時一百三十四歲的「她」緩緩的睜開了眼，迷濛的光慢慢的慢慢的……開始旋轉……慢慢的慢慢的甦醒……四道銀光三百六十度緩緩旋轉掃射，照到的地方彷彿是舞台般忽明忽暗。一整個下午的懶散都丟在這裡了，我緩緩起身，天還未全黑，沒有街燈沒有住家的燈火，頭頂的星星正開始努力炫耀光芒，這裡是東莒，也是你最留戀的一座島。

回憶著以往數饅頭的漫長日子，等待你「島休」

通知的電話，在臺馬輪上老是搖搖晃晃難以入眠，想著天一亮就能見到牽掛的你。總在大船接小船載浮載沉、昏昏沉沉中，狼狽的看見嗤嗤笑的你。在猛澳港的碼頭邊——「同島一命」的精神標語總是最開心與最不捨的背景。那時你說你恨死東莒了，一輩子再也不要回來；然而在退伍的那一天，你卻紅了鼻頭說，東莒讓你一生難忘，東莒是你最後的美麗夢土。

漫步到了福正村，海浪輕拍著岸，緩緩的節奏令人舒爽，海面遠方有點點稀疏漁火，遠遠的、冷冷的凝在那，海上應該很孤寂吧？沙灘上細細藍光訴說著我們過去的祕密，浪花捲著整排的藍光向我的腳逼近，遊人驚呼尖叫，大家都興奮著發現東莒最美的祕密，如同第一次你帶我造訪時的心情，既驚訝又開心。你神祕的在沙灘上用腳畫了一個心，粒粒的沙灘間雜著心型的點點藍光，你說這是送給我永恆的愛，默默的藏在福正沙灘，那是特殊的「渦鞭毛藻」，它們在夜晚默默的散發光芒，銀藍色幽幽的光，有點亮但不刺眼。望著沙灘上與海面上點點藍光，當時的心滿滿都是感動，原來東莒藏著那麼令人神往的祕密，大自然的美是那麼的讓人感動。大夥拚命的拍照，可惜在強烈的閃光燈下，捕捉不住那仙子般的光芒。離去時不忍回頭望，忽明忽暗、憂鬱的小藍光向大家告別，似夢、似幻、似眞……

晚餐的饗宴總是滿滿的朋友，等待「船老大婆婆」的東莒道地風味餐，這是其他地方吃不到的。「黑毛魚」是「船老大」晨釣的戰果，婆婆用自己種的青蔥紅燒，使鮮味更加提升，一下子就讓我們多扒了好幾碗飯；接下來是拌著九層塔濃郁香味的東莒第一寶「炒花蛤」，鹹鹹甜甜的鮮美滋味，讓人胃口大開，我們倆總能一起吃掉一大盤，貪婪的吸吮著鮮美的湯汁，望著逐漸升高的殼堆，滿足的捧腹傻笑。黑殼肥美的淡菜煮了清湯，加了一絲絲的薑絲，並不減低它特有的味道。「船老大」說：「明天一定要早早起到潮間帶挖寶，並保證在號稱『天然大冰箱』的福正海灣中大豐收！」此外還有我最愛的東莒第二寶「國利豆腐」，婆婆特別爲我們做了豆腐羹，純潔的豆腐入喉軟嫩香滑，眞是清爽！最後當然要來一盤

東莒燈塔

東莒三寶最清涼之一寶冰涼「大西瓜」，捧著滿足的肚子，散散步、吹吹涼風，享受多到嚇死人的星斗，我們總是坐在消防隊旁的路邊，遙望海邊，這裡的夜很簡單很祥和，對岸的西莒島不像傳說中的西犬，倒像是鑲了幾顆小鑽的海龜，靜靜的沉睡在海上，東莒的夜仍然是這樣的舒服。

爲了迎接久違的東莒日出，我又來到東犬燈塔下，到時稍晚了，半露的太陽已將燈塔染成淡淡的橙色，像極了披上新的彩衣。坡上一大片閃耀金光的小草垂著露珠，伸著懶腰迎風搖擺。海面上閃耀金色的光芒，繞著暗橙色剪影般的小島，時光彷彿凝住了。你說過要屏住呼吸，因爲要全心感受才能記住剎那的美。回頭望，退潮了，永留嶼不再孤獨，裸露的礫岩灘一長串的連接著，遊人帶著小孩尋寶，彷彿聽到他們驚叫聲連連，如同我第一次看見潮間帶豐富的生物一樣興奮。追著到處亂竄的小蟹，努力的挖著黏在於石縫中的淡菜，數著佈滿整片岩壁的藤壺……

悠閒的散步到神祕小海灣，周圍仍是深咖啡色陡峭的岩壁，經過海水多年溫柔的輕撫，形成壯觀的景致，我們總是愛在此大聲呼叫，享受清亮震盪的回音。往大埔聚落的路草長得好長，應是很少人打此經過吧，隨著軍隊的縮減，大埔好像已經沒有人居住了。一幢幢二人坡的石屋，間雜的幾戶印章般的閩式建築，好樸實的美。繞過了昔日軍港，三級古蹟大埔石刻座落在我討厭的涼亭中，石刻的古拙配上鮮紅柱子的亭子，就是覺得不太協調，我還是喜歡倚著木棧道的扶手，看海、幻想，昔日抗倭不傷一兵，古人看東莒是否也覺得是座天堂島呢？

沿著海邊的步道，路旁成片的薜荔已經結果，綠色圓圓的果實好可愛，糾結在一旁的是野薔薇，不遑多讓努力伸展姿色。海好藍、浪很平、風也很輕，心卻酸酸的，這是條通往港口的路，小白船已遠遠的駛進，是該道別的時候了。這是我第一次沒有與你同遊東莒，站在甲板上，船行過拖出兩道不捨的白浪。告別了心酸的猛澳，告別了如夢般的東莒，也告別了阿兵妹的日子。好像一直沒有好好向你告別，謝謝你帶我認識這最後的夢土……真的謝謝你……再見……再見了。

吳梅榮

一九七六年生，台灣省雲林縣人，
國立台灣師範大學美術研究所畢業，
現任台北市金華國中美術教師，
喜歡旅遊、寫生與拍照。

入選

林浩廷

東引密碼

我在海上邂逅一位女子，女子神祕的身影一如東引，東引在晨起的薄霧中邂逅了我，我望著她的雙頰，濛濛暈上亮片似的色彩。

清晨六點，臺馬輪的鳴笛聲，給中柱港周邊一草一木來個震撼教育，懾人回音穿梭東西二島，遠遠的消逝在最接近的極北國境——北固礁。西引島那條等待日曬的慵懶鱷魚，一改萬古不易的靜伏姿態，嫌吵似的踐踐皚皚浪花裡沉潛的尾巴，我緊貼著船頂甲板欄杆，悄然而立，防著一股無端升起的暈眩，竟分不清是暈船或心醉了。

走在東引聚落階梯，總在意想不到處開出數條岔路，很有九份老街的風格，但一個是洗盡鉛華的半老徐娘，一位是含苞待放、素樸得緊的二八佳人；聞不到一絲一毫市儈氣，連旅館老闆都有別於台灣島上大部分風景區的習氣。住房時間不是硬梆梆的一天二十四小時，彈性相當大，端看臺馬輪今天幾點進港，單日雙日時間不同。港口接送服務也是少不了，要將客人送到碼頭，才算眞正完成退房手續。

忙著整理房間的老闆，聽到我提起寶藏，眼睛爲之一亮。開始熱切介紹西引山壁流瀉而下的清泉，以及久經風化的岩壁，順著節理崩落的三角形缺口；這份熱忱，像是與大魚拚搏的磯釣釣友的模樣。所有的線索都指向當地流傳的密碼式語句——「吾道向南北，東西藏地穀，大水密賣著，小水密三角。」

我決定不理會旅遊手冊的僵化路線，租台摩托車，路伸展到哪便走到哪，直到制式化的嗶嗶兩聲阻卻前路，不然我是不會停下來的。秋天將近尾聲，可這滿山滿谷的芊芊綠草，順著從南澳中柱港越過巨石，落到北澳的風勢，倒向同一邊。我望過去，看著當年「海皇帝蔡牽」，看到「犁麥大王」顯靈之處，他的手下也許就是登上「東海雄風」這塊巨石，放眼大洋，清廷水師乘南風襲來。

我在巨岩之上，坐觀兩澳風光，盡攬一山顏色。

到西引尋一道天上流瀉而下的清泉，竟是這麼困難，要找寶藏，看來是難如登天了。按圖索驥，行吟灣畔，數以億計打磨成鵝卵形狀的石塊，鋪排在峭壁之下。我踏上去，沒一塊石頭是牢靠的。先是浪花拍擊礁石之聲，繼之以浪退拖帶石塊所發出的隆隆聲響，如此周而復始，不絕於耳。不牢靠的石道，漲潮時便被吞噬一空，待它再次浮上水面，路的形狀，石頭的排列，已與昨日迥然相異。

我終究沒能找著寶藏，但卻獲得了比寶藏更貴重的物事。

安東坑道下去前得先開燈，走了一半，愈走愈晦愈幽愈暗。女子好心的扳上開關，爲我

點亮盞盞連綿而下的燈火，綻出俯衝直落的光流，領我步入深邃九幽。——「她是我的青鳥，一隻為我慇勤探看前程的青鳥！」——知道她在入口處歇息，這底下變得不再恐怖，輕快的腳步聲，漸次接近她，她的微笑預示稍後與燈塔的相會。

一趟旅程有多少收穫，就看你為自己的四肢、五官盡了多少心力。不必自拘非名山大川不遊，無情之物終歸無情，情的生滅繫乎一心。你投注一分想像，葉尖上駐足的一點青蠅就有了意思；讓思古幽情徹底攻佔你的視線，海邊石壁每一劃縱橫交錯的線條，就都是海盜蔡牽藏寶的記號。一閉上眼，心的注念就要拉你回到那一天，那一天燈塔後方清寂的觀景台，兩位陌生而熟悉的旅人……燦藍海水淹沒燈塔黑色屋頂，漲潮似的湧到眼前……風環過燈塔跳上階梯，漫捲一天疏淡雲彩……雲彩不經意篩過午後陽光，一片……一片……金黃雪花似透亮的灑落在我倆眼裡……耳裡……雙唇上……記憶之中。而我倆一個樣的變得像座燈塔，不再攀談不休，只管著安靜……。

隻身旅遊最美妙的，莫過於和一個有著相似情懷的陌生人，共同擁抱一份單純美好的感受。

回到旅館，東引的夜，八點就靜了。這裡的旅館，永遠不缺沁涼海風，海風解事的輕撥鵝黃遮光窗簾，恣意侵入每一寸空間。我索性拉開它，大字形橫躺在雙人床，關上燈，做個閉不了眼的旅人。大片玻璃窗外的明月，過了秋節兩天，仍不吝於將她圓滿盈潤的美好形狀，安置在我的床頭，沒有感到孤單的滋味，我側著臉呼吸月亮的味道，枕著香甜睡去。

月影日光忠實的代序，我背上簡單行囊，踏進「忠誠門」，沿著每個新兵走過的中路，拾級登上東引國小。一隻大黑狗客氣的嗅一嗅我，我客氣的坐下來。兩位熱烈討論線上遊戲的小學生，不畏生的向我打招呼——這裡比較好，在台灣不能像現在這樣亂跑，島上每個地方都玩遍了！連兵營都去過。只是今年我們班轉走三個，過兩年我也要回台灣讀國中了。

他們的確是海的子民，永遠抬頭挺胸，天生血液裡不怕冒險犯難的因子，教導他們使盡全身熱情迎接悲歡離合。原來別離不一定是苦的！這是東引小學生為我上的一課。我看著瀰漫在空氣中的童稚笑臉，以及模模糊糊駛近東引的臺馬輪。我不得不繼續走，而他們卻能不走……。

我在海上與東引作別，別過臉的燈塔漸漂漸遠，不遠的水面湛藍的破出黑旗，十來隻海豚兩兩一對，眨眼翻入船底。我倆並肩捕捉一閃即逝的美麗，孩子氣的驚呼聲像極。是的！這一刻，

我們是十足十的小小孩。

我期待某天在不知名的街道，偶然遇見那位女子，像兩個頑童般，用「東引、燈塔、臺馬輪」作爲打開共同回憶的寶藏密碼。

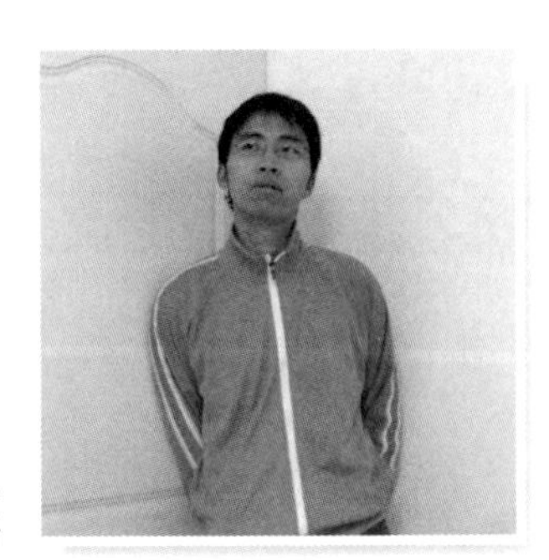

林浩廷

南投人，一九八〇年生。大學畢業。

目前最常說的台詞是：你好，歡迎光臨。

入選

鄒依純

神話千年——馬祖

一串灑向閩江口外的珍珠，飛落至媽祖盛飾的彩冠霞帔、海盜石屋祕窖中的奇藏異寶、司令戰功彪炳的綬帶勳章……重影在地理時空中參疊錯落，晃悠盪向煙霞連江的馬祖。

這是一群屬於神話傳說的島嶼；風雨日霧似乎均領了聖意天旨，值令時總特別賣力翻弄看家本領。

春日常雲霧繚繞，有時清早推門一望，能見度僅數公尺，初至旅人是徹徹底底地墮入五里霧中了，飛機船運亦深受影響，機場旅客盡嘆霧鎖春愁。若值雲霧稍散未消之際，遠眺山嶺翠黛深淺朦朧，水氣清冷觸肌濕涼，則仿若身處海外仙山；山外海邊，時有釣客三兩於霧中蕩舟，尋鱸魚蹤跡，一享磯釣之趣。

如此空靈美景，島嶼子民可無暇日日細賞。農曆正月十五的擺暝過完即緊鑼密鼓地準備三月二十三日媽祖聖誕，各廟宇前擺放了家家誠心獻貢的豐盛祭品酬神護佑，眾路神明也全被請出參與村落間綿亙數里的遶境活動；鳴炮、執牌、舞獅、陣頭、抬轎、轉傘……等，各執事及輪替者早早就派定演練，從司祭者老到國小學生的大鼓陣，凝聚了自長至幼的滿心滿意，也流傳了千百年來的人神共慶。

入夏後南風捲著大把大把的濕氣和海浪也拍擊不散的悶熱飄揚而來，南北風短兵相接，天空也最富變幻流麗之景。有時風靜霧漫，北風一起倏忽霧散雲消，視野開闊，若有如孔明神智者運兵，此時正適來段草船借箭；有時晴日當空，風馳雨驟霎時踐雲擊雷而來，一陣瀟瀟颯颯後風停雨止，天色又復明亮清霽，一片晴好；有時，霧氣將散未散之際又漸聚密，一日數回，此時最忙碌的當屬機場人員，旅客不隔多時即去電詢問最新起降狀況，牽惹得每位遊子心亦隨之忽鬱忽晴。

這般拿雲握霧的造化神力，對舊時以漁爲主、農爲輔，看天吃飯之居民，自是信仰更添虔誠，即使村里中僅十數戶人家，亦鼎力建造顏彩鮮麗的廟宇，香火不絕地祈求平安豐足；而海上守護神——媽祖，生前遺體漂流至南竿馬祖村後，地區便以聖名爲紀，統稱爲馬祖了。

夏秋炎陽驕熾，亮晃晃的光束四面投射而下，曬得影子和聲音也融化在午後蟬喧裡，這個季節的白天是屬於岩壁上那些淺紫、艷紅、粉黃……的花朵爭妍的。入夜後則暑氣盡消，空氣沁涼如水；蛙鼓蟲鳴的夜裡，適合拜訪那海灣邊寂寂的岬角。因島蕞爾，反倒輕易地擁有了幾近半圓的蒼穹，仿若天水相連；溶溶月色下，漁船燈火數點搖曳海上，而千古年前的熠熠星芒璀璨滿天，交織出流光潺湲的銀河。

想必四處遨遊的燕鷗們也心醉於如此美景，或築巢棲息於此，或每年不遠千里而訪；自傳說中一九三七年起已無觀查紀錄之黑嘴端鳳頭燕鷗，竟於二〇〇〇年現蹤於燕鷗保護區並成功繁殖後，馬祖再添一篇「神話之鳥」傳奇。

隆冬天冷風急，浪翻濤湧。船入港歇避之時，人也躲入屋中呷著老酒、食著蟹黃、吃著湯圓，共享天倫之樂；然而窗外冽霜相侵，卻也醞釀出整園瑩瑩若玉的蘿蔔、白菜及高麗菜，較他處同種更顯清甜，蘿蔔即使生吃亦甘美爽脆，切片後夾煎海苔即爲佳餚。

村落中燈火黃暖瀰漫酒香，呼嘯而過的海風是訴說鄉野軼事及海盜傳說的最好配樂音效，聆聽者想像力忽而馳騁飛旋於記載著數十載興衰的傾圮石牆上，忽而停駐於暗黑多歧的地底坑道密室裡；石屋曾像顆印章那麼方正密嚴地收藏起主人的珍奇之物及無可窺探的生活，曲弄迴徑又是那麼機巧地層層護衛防禦，寶藏是否仍會埋藏在老屋牆角呢？他們冬天是否也在斟酒取暖？說的又是什麼故事呢？坑道如何隨潮汐開築？一條條會通到哪兒？我們房子地底是否也有坑道？……連珠似的疑問，串起了百年來每位列島子民童稚時共同的冒險及幻想，也傳遞了一代代在不同時空刻下的歷史印記。

海風中，青石砌的庭宅房舍、亂石砌的漁寮儲倉、花崗石鑿成的蜿蜒坑道均靜靜盤踞著海嶼一角，陪著國軍崗哨弟兄們守望漠漠天色，路旁油菊黃花簇簇。遲早，冬日將盡；而明春石屋庭畔，桃花仍將綻放。

鄒依純

台灣大學生物環境系統工程學系畢業。
現任中興工程顧問公司工程師。

入選

陳江

寫給馬祖的一封信

遠，若不特指距離，也可以指的是在某種程度，某種原因上的難以到達，那麼，曾經，你可是一個多麼遙遠的地方！

久違了，馬祖。

還記得二十年前我來看你嗎？

我們的船午夜啓航（後來知道，夜航乃是慣例。是不是最好還要夜黑風高，才更符合他們出一趟任務的凶險?!）好久好久的作業之後，才終於離開那個雜沓、昏暗的碼頭，船在大水中前進，浪頭一波波拍打著我們既興奮又脆弱的神經，空氣不流通，有一種船艦特有的油腥味。他們說，上甲板吹吹風，他們說，恐怕不可以，……。漸漸大家躺下來不說話，窄窄的帆布床上，有人沉沉睡去，有人輾轉反側，有人嘔吐一整夜，好不容易熬到天亮，船到東引，再熬，到福澳，終於落地了，車子翻過一座陡坡，接待的人把我們放在牛角。

唉，那個年頭，來一趟可眞不容易！

我們來自那個已稍懂得享受富裕，旅遊風初啓，卻因爲汽、機車激增，土地開發過度復規劃無方，開始出現噪音，污染，荒野消失，生態破壞等問題的那個大一點的島。未來之先，就已耳聞乃至於嚮往，火車，飛機，私家轎車，冒黑煙的工地，工廠，這裡是沒有的，來了之後才知道，原來紅綠燈、路燈也無！

對好久好久沒能在夜裡好好看看天空的我們，沒有路燈不是壞事，很難忘記的，倒是你忽焉天，忽焉地，忽焉海，高高低低，起起伏伏的地形，在這裡，汽車，機車，都是雲霄飛車。（雖然如此，有天有地，地闊天寬，到處看到山，到處看到海，豈不正是你的最殊勝之處嗎！）以及你頗自豪的五島四鄉，不知如何每十室九空，竟處處是一副荒村廢墟的殘破景象（雖然如此，那些人去樓空的老石屋，老聚落，都有一種屬於她自己的或歲月給他的美）！

聽說，願意留下來陪你好好過日子，可以過日子的人越來越少，想離開，已經離開的人越來越多。人口一波波外流，一年一度盛大的元宵遶境熱鬧不起來；駐軍一撤再撤，很多生

意快做不下去。現在還是這樣嗎？（果其如此，當作繁華落盡，或從來就不曾繁華過，從此還來好山好水，還來一片乾乾淨淨的天眞大地，豈不也好？）

別後許多年，一時不知道該說些什麼，請原諒只能拿我記憶裡，我自己也不知道有什麼道理，有什麼重要，有什麼非說不可的往事一二，來和你敘敘舊開開玩笑。

我對你的記憶和理解當然不止於此。每一回與人談話回頭談到你，一定說那裡的石頭屋啊，澳口啊，聚落啊如何如何，一定說那裡的海岸，陸連沙，那裡近乎絕對的安靜和無光害如何如何，以及時空的身分會過去，自家的瑰寶要留下來，留給子孫，留給誰等等大話。但我知道，作爲一個訪客，一

個短暫停留或過來玩耍的人，容易流於浪漫，容易嘎嘎於自己的浮光掠影，或不食人間煙火，強作解人。

不久前流傳一個據說是眞實而且感人的故事：一個北竿爸爸，爲了犒賞兒子，度海到南竿7—11來買零食。是這樣嗎?!

這裡不只有了紅綠燈，鐵皮屋，二丁掛，有便宜水果，青菜，汽車可以進來，風箏可以放上天，籃球也可以打完帶回家，有便利商店，還擴建了兩座機場！從解嚴，解除戰地政務，到開放觀光，一路走來，這裡一定變得很不一樣了。但有了機場總是好的。外出或返鄉，不必再忍受舟車之苦，再眼巴巴等航次，眼巴巴看天氣的臉色。而趁此之便，我估量什麼時候就也要飛過來看看你了。

我想現在的你一定更加老當益壯，也一定更時髦了。但不瞞你說，我一直，也一定會很懷念你從前的樣子哩！

最後，請代問候曾經收留過我們的牛角的那位朋友！他們家是我住過的最可銘記的房子之一，冬暖夏涼的一間福杉大屋啊！最是記得，午後的陽光，從他們石頭門窗靜靜灑落下來，那光景，我現在想起來都覺得好幸福。有幾回，打他們家門口拾級而上衛生院，底下有孩子們戲耍，有人曬蝦皮，往北走，過八八坑道（彼時，這裡還沒有四溢的酒香，有的，是前面飄著紫色小花的許多苦苓）再走，過農改場的大花圃，再沿著海繞個大圈圈，便到了村尾那個冬天會鋪滿小油菊的鄰海坡面，站在這裡看日落，眞好！一水之隔的右前方，就是清晨或向晚便常籠在霧裡的北竿，天氣若晴朗，遠遠還可以清楚望見海峽那邊的對岸。

還有，請一定不要忘記再一次謝謝那個甘冒送軍法審判，大膽借給我相機的人，若不是他，就不可能爲你留下倩影，不可能記錄下咱們生命中那麼重要的一段了，可不是嗎?!

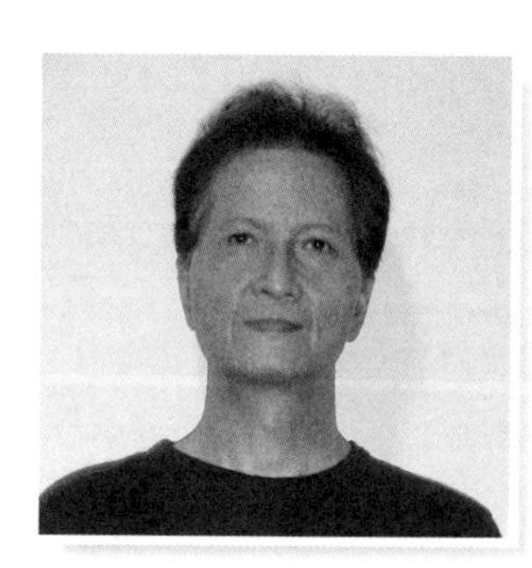

陳　江

筆名河童，

出生於一九四九年一月三日廣東湛江，

學歷：識字，職業：勞工。

入選

邱麗文

海上的記憶，來自馬祖的寄語

馬祖的美全是大海雕塑出來的，短暫的相會，體會離島荒居的情緒，海的細沙的溫柔撫慰，就算心情再壞，也因爲看到廢船的美麗，而有了破繭而出的新生喜悅。

不斷被都市的快節奏洗刷著，幾乎每回搭捷運都是小跑步從左側上樓，心靈被川流不息的人群不斷推擠再推擠，眞想套上小叮噹的竹蜻蜓，讓自己從人潮中被拉起，再飛、再飛……。錯過了燕鷗季，又有颱風逼近，此時的馬祖觀光客較少，正是我期待的。當飛機降落北竿，涼爽的天候一點都感覺不到這是八月天。

芹壁，因特殊的聚落山城建築，吸引了無數攝影、寫生者駐足。花崗岩砌的亂石外牆、比例特別小的門窗，走在坡道與階梯間，直擊閩東式的傳統建築。山城，曾經商埠集結，如今只剩供人憑弔的殘跡。雖然，義民屋、海盜屋都已是歷史的殘影，卻帶不走常民的頑強信仰、刻苦務實、渴求向富裕奮力一搏的企圖心。

野地滿坡的花朵縱情綻放，引來了一隻隻覓食的蝴蝶，輕舞飛揚於一團團如繡球般的油菊花叢中，專心享受著花蜜。拿起相機，貪婪地按下了數十次的快門。蝴蝶愉快地滿足口腹，拍蝴蝶的我愉快地滿足心靈。看來，這裡的蝴蝶是不怕人的。如果時空回到外銷蝴蝶標本的年代，哪隻蝶兒還敢如此大膽！

這幾天，正逢馬祖音樂季。芹壁的午後，薩克斯風獨奏家李賢，正吹奏著充滿夏日狂野的熱鬧旋律。一旁的小女兒，也拿起喝飲料的吸管，模仿爸爸的吹奏姿態。看著眼前的父女互動，李太太難掩嘴角的滿足笑意。一家人暑假同遊，兼顧了工作與休閒，這樣的閒適，眞的羨煞總是抽不出時間全家出遊的人。

一把白色的大陽傘，一杯加了老酒的冰滴咖啡，一首帶著歡愉的樂曲，靠在椅背上，午睡片刻的感覺，就像全身的細胞都打足了氧氣，頓時活力十足。

騎著摩托車，海島因爲速度而變小了，地圖上的景點，幾分鐘就到了。名稱眾多的廟宇，無處不在的迷彩碉堡，如寶石般色澤的海水，如希臘般的藍白外牆……。初遇馬祖，驚訝著多樣的面貌、多樣的美麗，更驚訝著，馬祖一點都感受不到自己的美。或許，馬祖過度渴望時尚的裝扮，卻看不見自己的天生麗質。

夏夜的芹壁，石牆經海風吹拂及石壁散熱，空氣中有股地中海沿岸的暖流，在晚風的吹拂中，喝著冰鎮的馬祖老酒，彷彿置身歐洲的浪漫氛圍。柔和的黃燈光，映照在石頭路與石牆上，加上海浪聲近在耳邊，白色沙龍的飄揚，彷彿情人溫柔的觸感。星空有石屋相伴、海潮相依，人呢？就只好遙念了。

搭船抵達南竿，戰地風情立刻映入眼簾。八二三的暮日，遠方的鼓聲依舊。海灘上，雖已開放三兩遊客的漫遊，卻仍隨處可見水泥塊上一根根鏽斑累累的針刺，這是抗戰的痕跡。不管是廢棄的彈藥庫，或是曾經砲聲隆隆的靶場，路邊生鏽的戰車，還是隱匿在岩石與綠林中，充滿保護色的碉堡……。

如今的島嶼，軍人一年年少了，卻揮不去戰地風情的舊景。戰鼓的狂擊，雖然愈來愈沒有煙硝味，仍然一度狂擊我心。某一年，我的愛，穿著海龍兩棲蛙人的紅短褲，穿梭在海峽兩岸的浪濤中，也讓我的心，時刻置身在擺盪的潮騷之中。

到清水的小吃店用餐，因爲空氣中始終飄著汗味、泥土味的悶熱，決定到鄰近的海邊散步。才離開不到五分鐘，悶熱終於凝結成帶著涼意的雨絲，颱風警報已經發佈了，喜歡颱風來臨前的雨，因爲風的推撥而顯得充滿力量。

眼前的海灣，因爲充滿了大型商船的往返與停泊，顯得相當忙碌。而海灣的一角，有片充滿爛泥的濕地，擱淺著許多木製的大、小漁船，從船身的油漆剝落，還有些已經斷成兩截的景況來看，這裡的船，應該都是被棄置的。看著在一片灰泥間的「船的墳場」，隨處都有被時間調色的土耳其藍、希臘藍、奶蛋黃、青苔綠、蟹殼橘、硃砂紅、磚頭紅……。立刻撐起傘，幫相機擋風、擋雨，留下一張張彩繪著鮮豔的色彩的船的遺照。遺照，始終都是美麗的。

一張雨中拍的相片，擱淺棄置的小船，彷彿我的處境。有機會重獲新生，爬出泥灘回到大海？我也正在深思。一個人的旅行，觸覺感覺嗅覺全感覺都因爲孤獨而變得敏感了。相機，是我向自然界打招呼的方式，開啓比眼睛大上十倍的鏡頭，眨著友善的大眼。相信，感受到了我的善意，鏡頭中的美景，一定也會散發喜悅的氣息，並分享給我這個善意召喚的旅者。

雨夜之中，7—11的燈光閃耀。對馬祖的居民來說，7—11的進駐，象徵著與台灣接軌的便利，是令人歡喜的。這樣的感受，不是當地人，實在難以體會。來到這裡，我還是喜歡當地的黃魚、紅糟魚麵等特色小吃。

回程，班機仍然一位難求。匆匆的人，不會爲美景落淚，只會爲航班延遲而跺腳。來此，貪戀慢調不想求快，卻仍然被搶快的漩渦，牽扯了敏感的情緒。當地友人無奈表示，當這種「逃難」的情形無法改善，馬祖就很難發展觀光。也對，也不對。觀光，如果只是趕行程、趕時間，友人的說法自然成立。如果可以慢慢地來，從容地離開，臺馬輪也是相當浪漫的交通工具，不是嗎？

馬祖的美，全是大海雕塑出來的，短暫的相會，體會離島荒居的情緒，海的細沙的溫柔撫慰，就算心情再壞，也因爲看到廢船的美麗，而有了破繭而出的新生喜悅。而這樣的喜悅，是需要海上的慢調烘焙，才能夠體會的。

搭上臺馬輪，隨著航程的累積，慢慢感覺不到方向，也不想計較究竟位於地球座標的何處。讓自己如同《海上鋼琴師》的一九〇〇，昏睡在大海的搖籃裡。也許，在夢中，還可以碰到一再錯過的神話之鳥黑嘴端鳳頭燕鷗。

邱麗文

東吳大學企管系畢。
早期擔任廣告文案，數年後轉換跑道，投入藝術與文化的採訪線上。
歷任《遠見》雜誌專案企畫、《新觀念》雜誌美育版主編、《張老師》月刊特約撰述、《源》雜誌特約採訪。
現為自由撰稿人。
著有：《大難後的餘燼》、《學習永不嫌遲》、《五斤黑糖》、《築路．路竹》等書。

入選

陳國恩

沉默的浪

過了午後我在西莒等待連江一號，天色灰濛，濃墨的雲塊與汪洋接連一色，清楚遙見白花浪波。

聽不到雨已淅瀝落下的聲響，幾位身著軍服的阿兵哥也同樣與我站立候船亭下避雨，壁面白漆脫落斑剝，珍重再見、867T次退伍留念，忍一時風平浪靜退一步……張雄到此一遊等的字跡密密麻麻留在上面，簷角張著網絲黏著雨珠的蜘蛛和我們一樣沉默的等待，等待中靜止的狀態時間像浪一般的流動，距離台灣很遠，四周的景致貼在我身體，陌生從容又自由的感覺讓我對這座小島依賴更深，它孤立的浮在汪洋中，讓我再次用心面對自己，過去我在台灣留下的全都切割，現在可依靠的只有我自己的身體，它背負我心指引的方向一步一潮的前往旅程中最後的安排——東莒。

像是身體再次的詢問不安的心：「最後之後呢？」

我相信我不再可能與我在北竿芹壁村碰到的老伯再有如此相識相熟的機會了，我徒步經過阪里踏入石塊砌起的步階，一條繩索上曝曬著一隻隻已乾癟的魚，風來魚擺，怪異的趣味，我呆立好一會老伯扛著澆水鐵器走來，我們互望也相互給個微笑，他沒問我來自何處？我看他脫下膠鞋，木杓將水舀出石缸將膠鞋上的泥塊沖掉，他自個兒說著話：「今年雨水少，菜園一天不澆菜葉就沒了氣似的。」

「過年打算到哪？」他突然的問我。

「可能回台灣。」我直接的回話沒有思考。

正巧老伯的老伴也從深入黑暗的房內走了出來，有點慌亂的收起魚乾還邊以福州話像在數落老伯，老伯沒有反應，他看天像要下雨邀我進房內避避雨，果不其然颳起幾陣風之後雨便狂肆而下，老伯將封蓋的老罈打開，倒出葡萄紅的漿液入陶壺再以小火溫，他為我準備一個磁碗，碗內放了一點黑糖和兩三薑片，他忙著，我望著他家兩片木門旁那窗沒有玻璃的窗，只有兩條圓木相隔期間，雨絲偶爾飄進，雲一朵一朵飄飛過，歲月啊！我奈何抓不住？

老伯他遞給我老酒一碗，熱情要我趁熱喝飲，我沾著一口又一口，飲進的時光苦甜酸辣，我只有醉沒有夠。

老伯所認得的我跟我知道的不一樣，他年紀好大了，從不在意活了多久或是有多久可活，臨走前他說有空要再回來。

我在北竿共待了半年，帶著旅遊的心情來工作，每一天都讓我期待，然而我知道離別的遊島之旅後人生可能又是另一個階段，無法預知也無從想像，我在離島的快樂短暫，因為有離別等著，我延續快樂又感傷的情愁一島跳過一島，島始終沉默，所有潮浪起落都喚不到它的回應，我也不過是一波沉默的浪，浮在它身上一回也就過了。

芹壁幻想曲　林晉任／繪圖

但離島的美讓我像被烙印一般無法再與它割捨，回到台灣我無法也不能不想到它的美，它雖靜默卻有股力量無時無刻不在召喚，我想到所以聽到，尤其在紛擾多亂的都市街頭；徘徊無數的紅綠黃燈口前，怎能相信千朵萬朵的油菊花在我腦海浮出引頸巧笑倩兮，模樣逗趣自憐，處處可見。

我怎能不回去。

旅程的終途身體開始疲憊，心也不在記憶，就任眼前的景物、空氣與空間在眼前消逝，因爲抓不住美所以放棄紀錄，就任時光日後慢慢發酵再發酵讓我知道馬祖所以讓我迷戀讓我無法割捨的原因。

連江一號靠近西莒岸頭，雨勢跟白滔滔的浪連在一起，船身似乎都快被壓沉下去，前方白茫一片行駛沒有多久船行的動力突然停了，任憑浪濤狂雨無情的鞭打，我雖害怕但不驚，船主絲毫不以爲意，他說：「雨過了浪也就平了，不急。」

我在船艙內載浮載沉，完全沒有辦法。

雨很快就過，陽光露出，海波眞的平息許多，藍藍一大片像是可以進入探索的鏡面。

我繼續啓航，東莒就在不遠處，小舢舨是我最後搭載的交通工具，我必須涉水而過，夕陽餘暉染紅一片礁崖和潮水，我對生命的想像到此可以是個句點，有分段也好；沒有也不遺憾，我可以有這樣的經歷何等幸福和榮耀，人生多美好。不要剝奪自然，自然也相對回饋。

入夜，我無法成眠，幾百年來有多少人在此作過夢；醒著想著島嶼的事；人生的事，他們都已離去，明日我也終將隨往，歷史沉沒，遺跡供人緬懷，我何其輕飄。

眞正的旅程是心的試煉，有形的無形的；能到的不能到的，我相信浪濤一波波的循環沒有終止，只有生命。

陳國恩

第二屆《馬祖日報》文學獎評審團獎、
第五屆全國文馨獎第三名、第七屆全國文馨獎第二名，
曾前後兩次服務於馬祖及東引郵局，
目前任職桃園郵局企畫行銷科。

入選

陳白

最長的一夜

芹壁，來過的人說這兒是台灣的普羅旺斯，洋溢著地中海風情。

從台北搭機到馬祖的南竿機場，芹壁卻是在北竿，兩竿之間是隔海的，按遊程，我先在南竿停留一二日後，再搭船轉往北竿。來接機的旅店老板一口咬定：「你們這些城裡來的，一定會比較喜歡芹壁的。」比較二字，顯得酸溜溜的，雖然他擁有全南竿景觀最棒的旅店。

在星空中入睡，在晨光潮水聲中醒來，如是，我在南竿玩了兩天，隨興自在。

兩天後，搭渡輪到北竿。碧海藍天，石頭老屋，錯落有致，依山而建，芹壁果然很美。民宿外一溜咖啡座，所謂的地中海風情盡在眼底，一杯在手，坐看蔚藍海景，和隔海的龜島無言相對，遠看這岩石壘成的小島，還真像隻——浮海大龜。

龜島默默，接待我的民宿陳老板話可就多了，「原本，五點半那班飛機，有四個台北客人要來的，這鬼天氣，起霧了，飛機停飛，人來不了。都十一月了，還霧茫茫的，我有甚麼辦法呢？唉！」

三月到五月，是馬祖的霧季，夏天，則是馬祖最美的季節，看海的、賞燕鷗的遊客很多，我刻意挑了秋末造訪，前天，在南竿甫下機，即被勁吹的北風，冷冷的來了個下馬威，這會兒，霧籠北竿，想是天氣又要熱了，老天爺如是捉摸不定，莫怪陳老板要抱怨了。

下午，搭公車環島遊，從芹壁經橋仔村而塘岐，空蕩蕩的車廂，乘客就我一個，司機熱心當起導遊來。先從芹壁海盜窩說起，海盜劫財致富，在漁村蓋大屋，屋裡設密窖藏財貨，故事裡還有黑道火併，有枉死工匠，有糞鬼靈異傳說，當然，海盜最後伏法了，海盜屋依然在，就在芹壁村裡，那不正是我今晚留住的民宿所在？

「是啊，就在芹壁十四號吧，那棟房子蓋得很講究，是全芹壁唯一屋頂刻有石獅的房子。」司機話家常似的語氣說著，我聽著卻不免心裡發毛。

車到塘岐，他說，唐岐有片漂亮的沙灘，「黃昏的時候，很多人到那裡散步，妳可以去走走呀。」他說。

果然，黃昏的塘后沙灘，散步的人很多，遇一老太太，瘦小個子，身著斜襟立領唐衫，外罩對開背心，挽髻，還戴了個花簪，兩眼晶亮晶亮的，讓我想到過世多年的祖母。祖母在世時，同住一個房間，我是她寵愛的小孫女，可是我從不了解她的世界，後來才知道，祖母二十四歲喪夫，二十七歲喪子，農忙時，田地裡的粗活她一肩挑，閒時，她會衲鞋底繡鞋面，還會編竹簍，這樣一個坎坷女子的故事，是爸爸說給我聽的，那已是祖母過世二十年後了。爸爸是抱養的，記憶裡，他一直是以「阿姨」稱呼祖母的。

印象中，祖母總是挽髻，藍布唐衫，洞悉世事的眼神，一如眼前唐歧這位老太太，我朝老太太微笑，她說話了，說的是福州話，我有聽沒有懂，比手劃腳，還是進不了她的世界，兩人默默走了一段路，我想著，若果時光倒流，能陪著祖母散步走一回，哪怕是無言，不著一字也嚮往。

回到芹壁。住宿的花崗石老房子，裝了扇簇新的木栓門，門一推吱嘎響，室內昏暗，一張床，一個矮几，還有一盞搖來晃去的小檯燈。梳洗一番，正要入眠，窗外響起鞭炮聲，劈哩啪啦劃破沉沉暗夜，一陣響過一陣，被吵得受不了，起身探個究竟，原來不遠馬路上，有人抬神轎，有人放鞭炮，惹疑猜的是，這些人始終未出一聲交談，也無鑼鼓助陣，看來氣氛詭異。

我索性不睡，推門而出，想問陳老板這是怎麼一回事。出了房門，方知整個芹壁村一片漆黑，我房間的燈是唯一的亮光處，哪兒找人？這可好了，孤島荒村，暗夜一盞燈。我從行李中摸出一瓶馬祖老酒，壯膽兼助眠。

載酒行旅，並非我嗜杯中物，那是前一日，在馬祖以釀酒聞名的津沙村遊逛時，見一雜貨店老板娘正擀製魚麵，這鰻魚肉做的魚麵，很費工，我想買下，她不賣，說是已有人定下了，再三央求，不得已她搬出老酒罈來補償，說是前年冬天釀的，一般老酒從釀造到裝罈放置，到可以入口飲，只需兩個月，這罈酒放置經年，是難得的陳酒，陪同的當地導遊，很識貨的當場買了兩瓶，我因家裡無人飲酒，勉強帶上一瓶，於是，走到哪兒都拎著一瓶酒，很是累贅，還好，這個時候派上用場了。

以紙杯連灌兩大杯，發了狠，不醉也要昏睡。奇的是，這老酒怎麼跟咖啡一樣提神醒腦？越喝神經綳得越緊，而外面的鞭炮聲不知甚麼時候停了，耳邊唯聞海水拍岸聲，腦際揮之不去的，卻是海盜屋傳奇。

枕著一海灣的黑暗，想起塘后那位老太太，爬滿紋理的一張臉，火龍珠似的雙眼，一絲不苟的髮式裝束，越想她的樣貌越變得飄渺不眞實。還有，在另一個世界的祖母，她過得好嗎？

凌晨兩點十分，一陣船隻引擎聲劃破夜空，接著是透過對講機的喊話聲，聽不眞確在喊些甚麼，黑暗中，馬祖閩江口很熱鬧，兩岸船隻玄機多，未知當年海盜猖獗是否與此有關，不是討海人，不懂，不是馬祖人，也不懂。

芹壁不眠之夜，分分秒秒，熬到四點鐘，先是鳥鳴聲，漸次，偶有車聲，人聲則是待到八點鐘時，陳老板終於現身了，問他爲何昨夜沒在這兒，原來他家住唐岐，這會兒是特地趕過來爲我做早餐，他還有另外一個工作，八點半得趕去上班。

三十分鐘內，除了搞定早餐，還解開困擾竟夜的疑團，他說抬神轎放鞭炮是扶乩研習班的結業式，人是不能開口說話的。其次，芹壁之夜可也熱鬧，「不必害怕，海上有很多人呀，海巡隊的人會來回巡邏，妳聽到的喊話聲是驅趕大陸漁船。」他說。

留下一個夾了火腿蛋的繼光餅，和一杯奶茶，陳老板匆匆趕去上課了。芹壁又成了我一個人的，鳥叫蟲鳴，還有眼底蔚藍海岸的浪濤聲，所有完美渡假快樂指數都有了，我卻在豎耳傾聽是否有車聲，是否有人聲。

噯，美麗的芹壁，暗夜的芹壁，一個人的芹壁。最長的一夜。

陳　白

本名彭碧玉，資深媒體工作者，

曾任職《聯合報》，一手散文，一手報導文學，

作品散見聯副、繽紛等，未有成輯出書。

電子網頁

優選

李耀東

第二十七個冬天——馬祖

第二十七個冬天
馬祖
直接進入

167 第二十七個冬天——馬祖

首頁 主頁 馬祖心馬祖情 聽我唱首歌 這片淨土 夫人的午后

馬祖，你沒有去過，永遠領會不到它的美。

一萬年前還與大陸相連的馬祖，一萬年後，大自然造化，成爲孤懸外海的四鄉五島。明清以降，攜家帶眷的居民在那兒安身立命，卻得順應著政治的變遷與人事的更迭，雖說船過水無痕，但也夠令人唏噓的了。

刻正一月天，這裡真是冷到一種極致了，清晨起床走出戶外瞥見溫度計：2度。從台灣特地帶來的的羽毛衣頓時身價水漲船高。誰能想像在這種凜冽下，還得接受沁涼的洗禮？我們在戶外盥洗，「如人飲水，冷暖自知」，再沒有比這更貼切的筆墨形容了，總是渴望見到太陽露臉（雖則只能溫暖內心溫暖不了身體），卻總是灰濛的天，間雜以毫無預警的濃霧籠罩，停駛的班機，不知造就了多少歸鄉的愁緒。

南國故鄉和煦的天候，成了遙遠的回憶；椰子樹、金黃色的陽光，隨著制式的軍旅生活埋進記憶最深處而模糊了形象。

說是這兒會越來越冷的，說是幾年前雲台山上過年時曾經紛飛飄雪，於是乎我們期待著，頂著寒風我們每日期待著，期待著生命中第一場雪。

鐵堡：南竿島上孤懸於外海的一個海上碉堡，早年可以駐守十來位阿兵哥，碉堡中有幾個機關槍射擊孔和監視口，今日已改建成觀光景點，（本網站首頁圖片即爲日落時分遠眺鐵堡）是我內心私以爲有關馬祖戰地最有意思的戰時記憶

首頁　主頁　馬祖心馬祖情　聽我唱首歌　這片淨土　夫人的午后

生活在這兒，除了無需持護照之外，其實跟〞出國〞稱不上兩樣！民風飲食，慣用語言，氣候生態老建築，甚至人民長相，馬祖和台灣，在在顯示著一種大異其趣的差異性，生活在這兒，猶如置身異國，回想學生時代最奢侈的夢想便是出國感受異國風光，這會兒，不正是個絕佳的機會，得以親炙其中，飽嚐難能可貴的幸福？

您說我是在前線保家衛民的勇士？我說或許不是，實則當然不是！我不過就是盡已所學，服務民眾並照顧四鄉五島捍衛國土的弟兄好漢，順道增添我平凡人生的幾許色彩。

正如人們所熟知的急診室，無論何處，全年無休；哪怕是過年時節，我依舊服務著島上每個需要幫助的軍民。除夕年夜飯，即便是軍隊也不能免俗，只是這樣的時節，鄉愁遠遠凌駕於歡鬧之上，這是在致電回家，向家人拜年後油然而生的感傷。

舊曆年是中國人最重要的團圓日，遠在島上的我們，雖然依舊必須在天寒地凍中奔走於急診室和宿舍之間，但其實我們依舊沾染上一絲絲過年的氣氛而帶著一股子無可名狀的快樂。「上聯：讀書吃飯睡覺；下聯：打球看診閒聊；橫聯：外島生活真逍遙。」在你眼中是可笑的吧？那是我今年新春詩興大發所創作的紅紙春聯，它就展示在門外！

生活便利的美好、家人相處的可貴、天氣宜人的美妙，我想，這著實是漫長島上生活之後，最終讓我帶走的富饒而珍貴的經驗了，我的意思是，曾經失去過的，你才知道要去珍惜了。

海中央小島：島見，則飛機可起飛；島不見，則機不飛（這兒總是沒來由的倏地便大霧瀰漫！）。欲返台的阿兵哥往往望穿秋水在機場苦等霧散。幸運如我，第一次返台就遇上〞一整天島均不見〞的情形！可想而知，苦等一天後只得打道回隊上，第二天再一早來機場等待……

首頁 主頁 | 馬祖心馬祖情 | 聽我唱首歌 | 這片淨土 | 夫人的午后

兵役，對我來說，太特別而且難忘。早聽說過立榮航空機窗下的馬祖，是風情萬種；而閩江口又多麼的層巒疊幛，這仍然是心底清楚的。不過是個受派到外島的醫官罷了，還是搖晃渡船，較爲符合〝網走〞的心境。
這裡正在過年，我想你們那兒必然也是，這個年，索性必須在這島上度過，〝是多麼難得的經驗啊！〞暫且打住這樣的想法。

鳥上的生活，像跑馬燈似的飛轉，半年。一月接近尾聲時，島上悄然覆上了一層動人的美麗，是一種由山上乘風搭雨快速唰然緣落的大霧，十數分鐘的功夫，四周隨即深陷入一片朦朧也似的銀粉世界，除了驚歎，我什麼也做不了。

暫得歇息之時，我便站在坑道口，望著幾十公尺外的遠方漸漸花白，不免陷入自個兒幻想的時光隧道，回首盼望稍縱即逝的一百五十多個昨日。

「*日子 Дни 一天又一天 Проходят дни，經過諸多時日 За днями вслед，飛逝的歲月 Спешат года*」，收音機流轉的俄文曲調，不知怎的，唱盡我最悵然的感傷。

這是津沙村--南竿島島上保存最多早期傳統民居的地方。這津沙村在民國卅八年因爲國民政府的全面撤退，曾經盛極繁華一時。近幾年因政府有計畫的聚落保存，此地保存了大量完整的傳統民居，是喜愛老建築的旅人造訪馬祖時的必到之地（p. s.津沙村村裡還有賣純正的老酒喔！）。------

171　第二十七個冬天——馬祖

首 頁　主 頁　馬祖心馬祖情　聽我唱首歌　這片淨土　夫人的午后

往夫人咖啡館這趟路途是遙遠的，尤其是大家決定要徒步前往時，邊聊邊走，花了近一個半鐘頭才到達。夫人咖啡館就坐落於靜闃的南竿一隅，這兒不只販賣咖啡，還兜售著溫情和感動，聽夫人靜述著咖啡館的故事，那是純樸的年代，我們不得不在心底幻想勾勒著這樣的景象。

據說老屋的重建，實得感謝夫人的公婆與雙親，塊塊石礫磚瓦，都飽含著愛的成分，我想，我們何其有幸，能坐在這兒記錄它的美麗！馬祖人有句話：老實三分笨。

不，我堅信那並非愚笨，而是善良。

紅糟：津沙村午後靜謐的空巷中，不知何故放置著兩瓶紅糟，我父親說，或許是任人拿取，而後自由付帳吧？

李耀東

高雄市人，一九七八年一月卅日生，國立陽明大學醫學系畢業，

國軍馬祖醫院醫師，新竹空軍醫院外科住院醫師，

現任職於台北榮民總醫院精神部．文學愛好者，新手學習中。

創作理念

一言以蔽之，沒有創作理念。

所有素材——包括文字與圖片——均是我生活在馬祖期間所創作，因著父親業餘攝影的嗜好，我閒暇來也喜歡拍那麼一些個自以爲是的風景照人物照。除了書本外，我帶了一部數位相機和我一同前往島上，反正數位相機底片不用錢，到處亂拍的結果便呈現如是一斑於各位眼前。

我努力幫圖片配上一些文字——也是當年所寫之自以爲是的不成氣候的文字，寫的時候純粹反映當時忠實的內心感受，如今觀之，卻有爲賦新辭強說愁之可笑。

青菜蘿蔔，各有所好，金剛怒目或菩薩低眉，都有其趣味存在，所以一切但求輕鬆呈現，沒有框架，沒有理念。

「下一輩子罷！」他說：「我這副皮囊比你的還要惡臭不堪。」遠遠地響起了一片喧天的樂聲。他看了看表，正是喪家出殯的時候。伊說：「正對，下一輩子罷。那時我們都像嬰兒那麼乾淨。」

——陳映真〈將軍族〉

得獎感言

約莫一個月前獲知陳映眞先生在北京二度中風陷入重度昏迷的消息，內心驟然一沉，當晚我正好值班，一個人走在夜裡醫院的長廊上，回想起年初在台大醫院圍牆旁巧遇陳映眞老師，由陳師母攙扶著，慢慢的步往捷運站的方向，步履蹣跚而堅定，我知道老師接受過幾次心導管手術，還在鬼門關前走過一遭，身體狀況大不如前，遂未敢叨擾他們，惟以目光送走他們的背影。

一個月後入冬的午後，我正被眾多病患包圍，一個接著一個聽著他們緜長的不適主訴，突然接獲得獎通知，很快樂，很快樂。想起在馬祖的那些日子裡，和家人朋友相距萬餘里，圖書館步行要一個多鐘頭而且一周只能借兩本書，最近的便利商店要走二十分鐘山坡路……當時的苦悶，恍若隔世卻清晰可見，而今思之，卻都成了美好的回憶。

得到這個有趣的小獎，最感謝的當然是在網頁設計上幫了大忙的小花，以及當年去燒香拜佛讓我幸運抽中馬祖籤的媽媽！我藍色基調的悲劇生命與壓力情緒，端賴你們的傾聽與分擔，雖則無能為力，亦是感謝一句。

我深深的懷念著陳映真先生。

優選

蔡岳樺

馬祖旅人誌

提筆之前 躊躇再三

擔心自己詞窮

無法真實地描繪馬祖之美

馬祖的美景

是不屬於人間的

真希望有一隻畫筆

將這份美好

刻劃在心版上！

節錄於 夢想・流浪

powered by AMMON 2006

馬祖卡蹓

馬祖美食

馬祖民俗

旅遊日誌

相關連結

圖片提供 馬祖國家風景區管理處

 Matsu

馬祖卡蹓 ： 芹壁村與東莒燈塔

芹壁村位於北竿島北方，處於芹山與壁山之間而得名。

整個芹壁宛如石頭城，都是由粗獷的石塊建築而成，正是閩東沿海建築的特色！古宅群順著山勢成梯形羅列，房屋建材以花崗岩與大理石為主，為了防止強烈的的海風吹襲，瓦上壓著密實的石塊；為了防濕冷的海風與盜匪，窗戶都設在較高的位置，且窗口設計成「內大外小」的射口型。

東莒燈塔位於東莒島東北角山頭，建築十分雄偉，是台灣海峽北段四大燈塔之一。

東莒燈塔列屬國家二級古蹟，建於清同治 11(1872)門戶大開，閩江口的福州被英國人指定為五大通商口岸之一，但閩江口島嶼棋布，往來船隻辨識不易，遂興建燈塔作為導航標誌。

東莒燈塔燈塔光源可照 30 海哩，至今雖然已有一百多年的歷史，塔身及燈具仍保存鄉當良好，目前仍可使用。入內石階螺旋而上，到達塔頂時，可遠眺福正村及其餘島嶼，景色十分怡人！

馬祖卡蹓
馬祖美食
馬祖民俗
旅遊日誌
相關連結

圖片提供 馬祖國家風景區管理處

馬祖美食：東莒三寶

「東莒三寶」指的是花蛤、豆腐和西瓜。

東莒的花蛤之所以肥美質佳，完全是因為當地海水無汙染，鄰近的海域又有來自大陸三江 注入的有機物質和無機鹽類，再加上當地潮差極大，給予花蛤等潮間帶生物得天獨厚的生存條件，造就了東莒成為「花蛤之鄉」。

其次是豆腐。東莒地處偏遠，它的豆腐之所以有名，只因島上有家國利豆腐店，店內所產的手工豆腐口感絕佳，歷經兩代 40 餘年的經營，馬祖各島無論遠近，提起國利豆腐店幾乎無人不知無人不曉。

最後是西瓜。馬祖各島地勢起伏，很少有平地，東莒算是各島裡面沙地最多的一個島，所以它的西瓜不論在質和量上都冠於各島。

馬祖卡蹓
馬祖美食
馬祖民俗
旅遊日誌
相關連結

圖片提供 馬祖國家風景區管理處

馬祖民俗：馬祖天后宮

根據民間傳說，宋朝年間林默娘因投海營救父兄，不幸遇難，林默娘的遺體隨海漂流至南竿島附近，被漁民打撈上岸，漁民感佩其孝心，將她葬在海岸邊，之後湄州鄉親得知此事，跨海到南竿將媽祖遺骸迎回，只保留衣冠塚。

雖然南竿馬港天后宮歷經多次整建，但現在所見的衣冠塚，也就是當時的墓穴，從未移動，據說每次有意移動，都會有一些靈異事件發生，如民國 52 年國軍因辦理伙食時不慎發生火災，燒了部分廟體，為平息眾怒而承諾改建，工兵在施工時無意將地磚鋪過墓穴，隔天地磚離奇地全部破碎；而最近一次，也就是民國 90 年的改建，施工單位原本怕破壞墓石所在，打算暫時遷移，但鑽地的地鑽卻突然斷裂。

新廟落成時，廟方原本想為墓石塗上油彩，但奇怪的是，任何塗漆都難以上色，經擲筊請示，媽祖做了保持墓穴原樣原色的指示。

林默娘的衣冠塚就在香案前方，為保護墓石，廟方裝上了強化玻璃。

馬祖卡蹓
馬祖美食
馬祖民俗
旅遊日誌
相關連結

圖片提供 馬祖國家風景區管理處

旅遊日誌：生態賞鳥之旅

每年7、8月間，正值馬祖候鳥過境時期，也是賞燕鷗最佳時機。一般而言，此時節出沒的燕鷗，主要包含東引地區的「黑尾鷗」、東莒西莒的「紅燕鷗」、南竿地區的「白眉燕鷗」，以及北竿地區的「鳳頭燕鷗」，另外還有蒼燕鷗，以及號稱「神話之鳥」的「黑嘴端鳳頭燕鷗」等等。

其中，北竿鄰近的大坵島，是可以登島遊覽近賞燕鷗的極佳地點，東引的安東坑道口也是相當好的去處，特別當船一抵東引碼頭，經常就可見燕鷗成群飛舞，另外南北竿鄰近的無人小島，由於地形險惡，加上低矮灌木草叢多，且週邊島礁漁場魚類資源豐富，也經常成為燕鷗最愛聚集地點，只要天候適合，整個燕鷗族群氣勢驚人，雖然數量不及澎湖貓嶼，但就密度與氣勢來看，卻遠遠超過貓嶼景觀。

馬祖卡蹓
馬祖美食
馬祖民俗
旅遊日誌
相關連結

圖片提供 馬祖國家風景區管理處

 MatSu

181 馬祖旅人誌

圖片提供 馬祖國家風景區管理處

 Matsu

蔡岳樺

一九八一年三月三十一日生，現職網路多媒體設計。曾任小美廣告廣告設計師、峻浩科技網路規劃設計、安特國際網頁設計師、建築世界資訊網路網站設計企劃、聯成電腦網頁設計兼任講師、亞昕設計網路多媒體主任。

設計理念

本網站設計之重點以闡揚馬祖之美爲主旨，設計時爲了表達旅遊日誌的感覺，全部頁面皆以書本方式來呈現，以書本的頁籤來當作每頁的連結，希望藉此瀏覽者有如看書般輕鬆的觀看本網頁。

本網站的架構以簡單易懂爲主，頁籤的內容分別將馬祖上的旅遊、美食、民俗、相關連結……等資訊清楚的分類，讓使用者可以最快速的找到想要看的東西，更容易的了解我們的馬祖！

得獎感言

馬祖的美，總是讓人流連忘返，很高興有機會爲馬祖製作網頁，讓更多沒有到過、沒見過馬祖的美的人，能對馬祖有更多的了解。

這次網站的製作，也讓自己再更深入的了解了馬祖一次，榮獲優勝其實愧不敢當，但求能進一步的讓國人知道，還有這麼一片美麗的土地，值得我們去觀賞旅遊，讓更多人記得馬祖這個好地方！

優選

踏。去。馬。祖

何佳佳

MatSu 馬・祖・群・島
This is all bout Matsu
| 相關網站 | 網站地圖 |
踏去
馬。祖
綜覽海上驚奇
與桃花源的第一次接觸
Touch
Touch
一段享受悠閒的度假時光
一個遠離喧囂的海上桃花源
你可以一個人享受一片海灘
擁有無限量免費供應的萬里晴空
馬祖人熱情的溫度就像冬天的暖陽
讓你一來再來，戀戀不忘
玩味 景點介紹
傳藝 鄉土民俗
品嚐 美食推薦
卡蹓 交通資訊
睏眠 住宿情報
主辦 連江縣政府觀光局
協辦 中國時報人間副刊 馬祖日報 誠品書局
規劃執行 INK印刻文學生活誌
企業合作 UNI AIR 立榮航空
MatSu

MatSu 踏・去・馬・祖
This is all bout Matsu
相關網站
網站地圖
臺馬輪
坐船前往馬祖，則必須前往基隆搭船，台馬輪每逢單日，提供先馬後東（先到南竿再到東引）航程，每逢雙日，提供先東後馬（先到東引再到南竿）航程，航程從基隆到南竿約8小時，再到東引約2小時，從基隆開船時間約為每天晚上10點，從馬祖開船時間約為每天早上10點，船票依艙等不同，售價約為550元到近2千元不等。
旅客可用電話及網路，於搭船日期起前三天進行訂位：
基隆：(02)2424-6868／馬祖：(0836)26655／東引：(0836)77556
莒光：東莒：(0836)88388／西莒：(0836)89076
訂位受理時間：上午08:30至12:00，下午13:00至17:00。
每位旅客最多可預訂四個床位（未滿三歲以下幼兒保險票除外），並需提供搭船旅客資料（含姓名、身分證字號、出生年月日）及聯絡人姓名與電話。
乘船地點如下：
基隆：購票與登船地點位在西岸旅客碼頭二樓，距離基隆火車站約300公尺，無論搭乘火車、國光客運或大有巴士至終點站，均步行5分鐘以內可以抵達。
南竿：購票與登船地點為福澳客運大樓，位在福澳港區，漁會大樓後方。附近有公車站牌，漁船碼頭外有排班計程車，提供交通服務。
東引：登船地點在南澳中柱港。現場不提供購票務，乘客須在搭船前一日前往樂華村29號臺馬輪東引服務處購票
景點介紹
鄉土風情
美食推薦
交通資訊
住宿情報
主辦 連江縣政府觀光局
協辦 中國時報人間副刊 馬祖日報 誠品書局
規劃執行 INK印刻文學生活誌
企業合作 UNI AIR 立榮航空

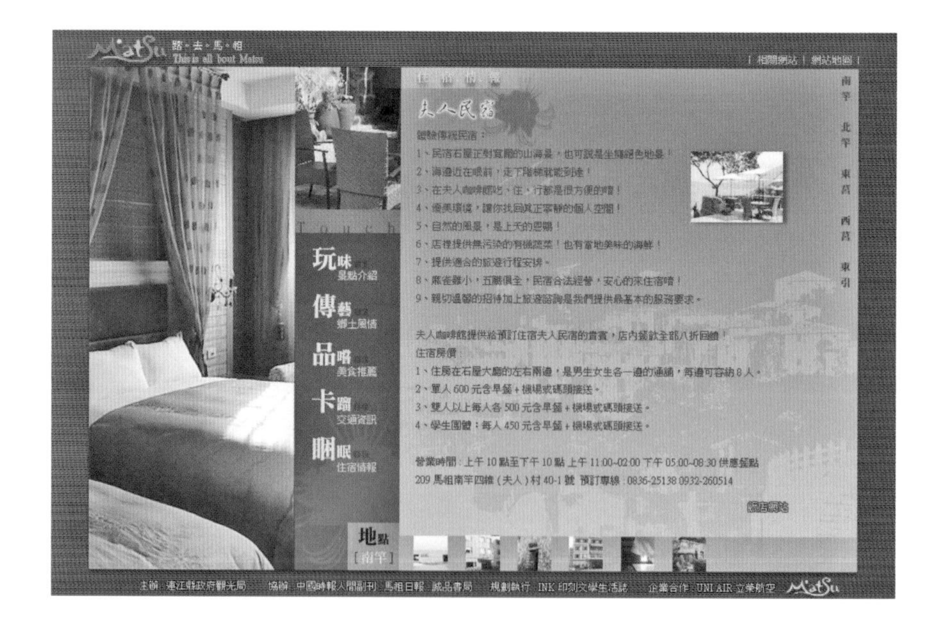
MatSu 踏‧去‧馬‧祖
This is all bout Matsu
相關網站 網站地圖
夫人民宿
體驗傳統民宿：
1、民宿石屋正對寬闊的山海景，也可說是坐擁絕色地景！
2、海邊近在眼前，走下階梯就能到達！
3、在夫人咖啡館吃、住、行都是很方便的唷！
4、優美環境，讓你找回真正寧靜的個人空間！
5、自然的風景，是上天的恩賜！
6、店裡提供無污染的有機蔬菜！也有當地美味的海鮮！
7、提供適合的旅遊行程安排。
8、麻雀雖小，五臟俱全，民宿合法經營，安心的來住宿唷！
9、親切溫馨的招待加上旅遊諮詢是我們提供最基本的服務要求。
夫人咖啡館提供給預訂住宿夫人民宿的貴賓，店內餐飲全部八折回饋！
住宿房價：
1、住房在石屋大廳的左右兩邊，是男生女生各一邊的通舖，每邊可容納8人。
2、單人600元含早餐+機場或碼頭接送。
3、雙人以上每人各500元含早餐+機場或碼頭接送。
4、學生團體：每人450元含早餐+機場或碼頭接送。
營業時間：上午10點至下午10點 上午11:00~02:00 下午05:00~08:30 供應餐點
209 馬祖南竿四維（夫人）村40-1號 預訂專線：0836-25138 0932-260514
南竿
北竿
東莒
西莒
東引
玩味 景點介紹
傳藝 鄉土風情
品嚐 美食推薦
卡蹓 交通資訊
睏眠 住宿情報
地點 [南竿]
主辦 連江縣政府觀光局 協辦 中國時報人間副刊 馬祖日報 誠品書局 規劃執行 INK印刻文學生活誌 企業合作 UNI AIR 立榮航空
MatSu

MatSu 踏‧去‧馬‧祖
相關網站
網站地圖
炒魚麵
北竿塘岐村的阿婆李火金製作魚麵二十幾年，是馬祖魚麵第一家。
玩味 景點介紹
傳藝 鄉土風俗
品嚐 美食推薦
卡蹓 交通資訊
睏眠 住宿情報
主辦 連江縣政府觀光局
協辦 中國時報人間副刊 馬祖日報 誠品書局
規劃執行 INK印刻文學生活誌
企業合作 UNI AIR 立榮航空

MatSu 踏・去・馬・祖
This is all bout Matsu
| 相關網站 | 網站地圖 |
宗教信仰
馬祖大小廟宇六十多座，至少一村一廟，為鄉民社交、教化、娛樂等機能場所。
馬祖地區最重要的信仰是媽祖，就連馬祖列島的名稱也是從媽祖而來。各島的村落中都有媽祖廟（天后宮），另外白馬尊王也是重要的信仰，這是馬祖信仰的特色，除此外，列島上還有許多信仰。
護佑海民的媽祖和漁民的關係最密切，在馬祖的信徒特別多，相傳馬港、鐵板和津沙的媽祖歷史最久；白馬尊王是五代時閩國有功的王審知在馬祖的信徒也很多。
在馬祖列島中，還有不少保護神和地方英雄的傳說，三國時的關公、抗元名將陳文龍、楊公八使、玄天上帝、土地公、五靈公和臨水夫人是能為民除病、鎮妖降魔、救民苦難的神明；而地方英雄有西莒威武陳將軍、北竿趙大王、南竿梅石高總管和東引張將軍等。
馬祖在地廟宇的宗教活動，已經和居民的生活相結合，年節、清明、端午、中元、中秋等傳統節俗和臺灣無異，早期戰地前線的種種限制，馬祖地區的祭典活動多集中在農曆過年時，整個迎神活動正是凝聚馬祖鄉民的最佳時機。
Touch
玩味 景點介紹
傳藝 鄉土風情
品嚐 美食推薦
卡蹓 交通資訊
睏眠 住宿情報
主辦 連江縣政府觀光局 協辦 中國時報人間副刊 馬祖日報 誠品書局 規劃執行 INK 印刻文學生活誌 企業合作 UNI AIR 立榮航空 MatSu

踏・去・馬・祖
This is all bout Matsu
相關網站 網站地圖
北海坑道
1968 年，國軍基於攻防一體之戰略指導與作戰任務需要，於馬祖防衛部司令部閻揚中將任內，在南竿、北竿、西莒與東引闢鑿可供登陸小艇使用之坑道碼頭，藉以保持戰力於九天之下，並將此案定名為「北海案」作戰工程。
當年，馬祖防衛司令部出動了兩個師、3 個步兵營、1 個工兵營和 1 個陣車連，編成 3 組，日夜不停趕工，約在 1968～1970 年間，歷時 820 個工作天才完工，當時的工程技術遠不如現在發達，能在堅硬的花崗岩鑿出坑道，除了炸藥之外，只能靠一鎬一斧的人力，工程極為艱鉅，由於炸藥爆破之後，現場煙霧瀰漫，施作的工兵戴著口罩勉強工作，只能做 10 分鐘就要換班，為了這條坑道，也犧牲了不少官兵的寶貴生命，可說是一鑿一斧都是官兵的鮮血與汗水。
從這座坑道的開鑿過程，可見當年國軍經營前線戰場，建軍備戰之艱辛，也許就是因為這樣的開鑿歷程，讓這座被譽為「鬼斧神工」的地下碼頭坑道，披上了無比悲壯的神秘色彩。
南竿北海坑道是馬祖最被推崇的戰地景觀，位於仁愛村附近一處澳口，外觀平凡，但進入坑道內才發現，整個坑道充滿詭譎而神秘的氣氛，工程之雄偉，真是別有洞天。這座「井」字造型的坑道，高度為 18 公尺、寬度 10 公尺、步道全長 700 公尺、水道 640 公尺、漲潮時水位為 8 公尺、退潮時為 4 公尺，坑道內部可以停泊 120 艘小艇又被譽為「地下碼頭」。沿著步道繞行一週，全程約為 30 分鐘。
南竿
北竿
東莒
西莒
東引
玩味 景點介紹
傳藝 鄉土風情
品嚐 美食推薦
卡蹓 交通資訊
睏眠 住宿情報
景點 [南竿]
主辦 連江縣政府觀光局 協辦 中國時報人間副刊 馬祖日報 誠品書局 規劃執行 INK 印刻文學生活誌 企業合作 UNI AIR 立榮航空

何佳佳

出生於民國七十年十月五日，二技就讀朝陽科技大學，
畢業任職「賽博國際有限公司」。
曾參與「台中大都會歌劇院國際競圖網頁設計」等。

設計理念

設計構想

「踏．去」乃是取用Touch之諧音，意表使用者可透過這個網站，與馬祖產生第一次接觸。此外，「踏．去」也隱喻有向前，出發的意義，目的是希望使用者在瀏覽該網站後，能揹起行囊，前往馬祖。

首頁設計理念

想要跳脫一般網站直式的排版，採用橫向設計，背景使用黑色條紋，讓使用者的注意力能更集中在內容當中。由於是觀光旅遊網站，爲達到活潑及吸引的感覺，因此主色調爲藍色系，且主題圖片所採用的色彩及飽和度較高。所用的圖片爲馬祖的地標「燈塔」及馬祖特有植物「石蒜」紅花。

中間長條形爲選單區，其搭配圖像飽和度較弱，以避免搶去主題的焦點，主選單採用黑底，白字，以增加閱讀性。

副網頁設計理念

爲維持網頁的一致性，副網頁部分以首頁的設計爲基準，做局部修改，減少圖像的區域，擴大內容文字的空間，使用者並可依照下方的橫向選單列，來選擇有興趣的主題。

網頁操作說明

爲表現網頁的動態感，本網頁表現方式採用Flash，並以解析度「1280x1024」以上來觀看，使網頁能達到最細緻化的表現。

由首頁進入內頁後，使用者可依照自己需求來點選次選項，目前已建構資料的內容有：

一、副網頁—景點介紹：可點選「南竿」，或「北竿」

二、副網頁—鄉土風情：可點選「民宅建築」，或「宗教信仰」

三、副網頁—美食推薦：可點選「炒魚麵」，或「黃金餃」

四、副網頁—交通資訊：可點選「離島船」，或「臺馬輪」

五、副網頁—住宿情報：可點選「南竿」，或「北竿」

得獎感言

得到這個獎項，其實對我有很大的意義，在兩年多投入多媒體行業中，由於起步較晚，未受過設計方面的訓練，偶有懷疑自己是否適合走設計路的疑問！此次獲獎，感受到作品及設計理念受到評審肯定，更是鼓勵我持續往這個領域努力的動力，所以十分感謝各位評審委員的青睞，並期許自己未來的設計作品能更加成熟。

這次參加「觀光馬祖」電子網頁徵選，從相關資料蒐集、網頁主題的發想、網頁排版設計，到實際製作，整個過程都讓我非常享樂在其中。由於自己也熱愛旅遊，所以當我在蒐集馬祖相關旅遊資訊時，也等同於在計畫一次的馬祖之行，看到照片上美麗的風景，很想立刻親臨馬祖，體驗海上桃花源之美。

我想，每個城鎮都有獨特的美，讓旅人可以細細品味及發掘，很高興可以得到這次的獎項，也期待自己能與馬祖產生「現實生活」的第一次接觸，讓我們都一同　踏。去。馬。祖吧！

佳作

蕭夢君

馬祖風情畫

馬祖 閩江口的一串珠
渾然天成 璀璨不朽
所有動人的愛情故事 都從這裡開始...
愛在馬祖 情定東引
台灣最美麗的愛情海‥馬祖心樂園
聽看馬祖
浪漫馬祖
美食馬祖
聽看馬祖
落腳馬祖
LOVE IN MATSU

馬祖好禮

八八坑道 陳高°

馬祖酒廠肇建於民國45年，以釀造高粱酒與老酒為主，所生產的高粱酒經過兩次的蒸餾與發酵後，放進「八八坑道」儲存。由於「八八坑道」從花崗岩的山腳下開鑿，冬暖夏涼，氣溫穩定，特別適合長時間儲存美酒，雜味、異味在時間中慢慢醇化。

以前酒客喝酒喜歡追求高酒精濃度的麻辣感，所以俗稱「二鍋頭」的大麴酒也頗受歡迎。近年來喝酒的流行卻講究口感，不但大麴酒喝的人少了，馬祖酒廠也刻意降低陳年高粱的酒精濃度。

馬祖美食

北竿地區 東莒地區 西莒地區 東引地區

美酒 餅食 漁家風味...

Matsu

美食快訊

馬祖美酒——陳高、大麴、老酒
金門高粱，馬祖老酒，一直是金馬戰地最膾炙人口的佳釀，但鮮有人知道，馬祖其實也產高粱酒，而且比起金門高粱毫不遜色，甚至更為香醇

馬祖餅食——馬祖酥、芙蓉酥、繼光餅
與馬祖同名的「馬祖酥」，原名「超馬酥」，是流行於閩東地區的甜食。民國五十三年故總統蔣經國赴馬巡視，品嚐之後大為驚艷

漁家風味——魚麵、魚丸
馬祖附近漁場資源豐富，鮮有污染。蝦皮、白力魚、黃魚、石斑、白鯧、佛手貝、各式海菜等等海產，常讓漁船滿載而歸。沿岸也養殖牡蠣。馬祖海鮮以海瓜子和淡菜最常見，佛手和海鋼盔則屬高檔貨色，都是口感極佳的貝類。地方小吃以繼光餅、蚵餅、紅糟食品及魚麵等最著名，地瓜較則是 特別的甜點。東引以陳年高粱享有大名，八八坑道則是送禮最佳伴手

馬祖美酒—陳高、大麴、老酒

金門高粱，馬祖老酒，一直是金馬戰地最膾炙人口的佳釀，但鮮有人知道，馬祖其實也產高粱酒，而且比起金門高粱毫不遜色，甚至更為香醇

馬祖餅食—馬祖酥、芙蓉酥、繼光餅

金門高粱，馬祖老酒，一直是金馬戰地最膾炙人口的佳釀，但鮮有人知道，馬祖其實也產高粱酒，而且比起金門高粱毫不遜色，甚至更為香醇

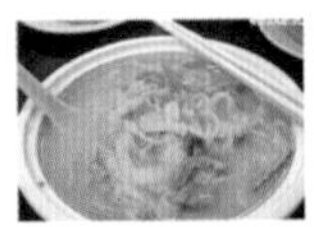

漁家風味—魚麵、魚丸

馬祖附近漁場資源豐富，鮮有污染，蝦皮、白力魚、黃魚、石斑、白鯧、佛手貝、各式海菜等等海產，常讓漁船滿載而歸。沿岸也養殖牡蠣。馬祖海鮮以海瓜子和淡菜最常見，佛手和海鋼盔則屬高檔貨色，都是口感極佳的貝類。地方小吃以繼光餅、蚵餅、紅糟食品及魚麵等最著名，地瓜較則是 特別的甜點。東引以陳年高粱享有大名，八八坑道則是送禮最佳伴手。

馬祖聽看

南竿 北竿 莒光 東引

南竿

馬祖第一大島，是行政、交通與軍事中心。

- 津沙仁愛間的步道沿途平緩，遍植蜜源植物蝶影翩翩，走起來賞心悅目；中途的軍事碉堡「鐵堡」，空間巧思絕對令您大開眼界。

- 仁愛村「北海坑道」，七百公尺長的坑道空間寬暢，可容納百艘小艇，建造時全部以人力開鑿花崗岩，堪稱鬼斧神工讚嘆不絕。

- 馬祖酒廠旁的摩天嶺步道可以登高俯瞰，介壽村與復興村景觀皆在腳下一覽無遺。

- 在馬祖村的「天后宮」是馬祖最大的媽祖廟，相傳即為媽祖殉身成功處。

馬祖 好禮

南竿地區
北竿地區
東莒地區
西莒地區
東引地區

好禮馬祖

[illegible]

[illegible]

馬祖酒廠
陳年老酒

Matsu

馬祖 聽看

南竿 北竿 莒光 東引

聽看馬祖

馬祖在閩江口外，由十多個大小島嶼組成，有南竿、北竿、東引、莒光四鄉鎮，稱為"閩東之珠"，其原民為"媽祖"，後才改稱"馬祖"。

早期為漁民避風處，後為戰略要點，開放觀光後原始海島風情吸引無數遊人。

蕭夢君

民國五十七年生，輔仁大學大眾傳播系畢，現任職東極觀點廣告公司業務總監。

設計理念

「一漲一落連江水，一石一瓦閩東情」，話說連江地景，不僅令人聯想到這是上天灑在閩江口的一串珍珠，也令人想起那兒堅毅的民風，點點滴滴串成了迥異於台灣島的風情。

在設計本網頁之初，目的就是希望將馬祖的風土民情、吃喝玩樂，透過一串珠的傳遞，讓馬祖風情，盡收台灣人眼底。因此運用六個網頁、六顆珍珠去做串聯。

【第一顆珠——聽看馬祖】除介紹馬祖的山川壯麗及薈萃人文外，也期許民眾至當地出遊時，能對該區的地域分布及整體面貌，有概括的了解及認識。

【第二顆珠——浪漫馬祖】則是點出當地的名勝古蹟，讓民眾到此一遊時，能先有基礎概念，並方便做行程安排。

【第三顆珠——美食馬祖】則是介紹馬祖名產及各區的餐廳特

色、電話地址，方便民眾查詢好味道。

【第四顆珠——好禮馬祖】則是介紹馬祖遠近馳名的伴手禮，作爲民眾選購前的購物指南。

【第五顆珠——來去馬祖】則是整理出馬祖當地的飯店名稱、地址、電話，方便民眾行前之住宿規劃。

坐飛機俯瞰馬祖列嶼，是一種風情。轉動著網頁，看著設計者運用滑鼠，舞出心中的馬祖，更是一種情懷，期許本網頁的設計，能讓閩江口的景觀，釋放出不同的遐想空間。

得獎感言

很開心自己的設計作品能獲得評審們的青睞，在設計本網頁之前，除了希望能從不同的角度觀看馬祖之美外，也能夠帶給瀏覽者耳目一新的介紹方式。得到本獎項眞的很開心，這一次的獲獎對多年從事廣告公關領域工作的自己，是鼓勵、是認同，也是人生的另一個里程碑。

佳作

鄒依純

馬祖。Matsu

本網站最佳瀏覽解析度為1280*1024
建議使用IE 5.5或以上版本之瀏覽器
【縣花—紅花石蒜】
生態
卡蹓
資訊
美食
文化
媽祖。天后宮。白馬尊王。封火山牆。元宵擺暝。芹壁村。
老酒香。高粱醇。八八坑道。南竿。北竿。莒光。
迷你糕。紅糟鰻。燕秀潮音。一線天。鐵堡。枕戈待旦。
北海坑道。紅花石蒜。神話之鳥。海上桃花源。
馬祖
Matsu
Culture
1/8

Matsu
媽祖
馬祖
馬祖之名，即是由媽祖而來。
相傳媽祖生前入海營救父兄不幸
罹難後之遺體，即漂流至今日南竿
馬祖村澳口處，千古年來香火鼎盛
並分佈於四鄉五島，
為居民最主要之信仰中心。
【南竿天后宮，為馬祖九座天后宮中規模最大者】
【廟宇分佈】
馬祖村落舊時生計以漁業為主，均
依澳口而建，民間信仰興盛虔誠，
各村都有一座以上之廟宇。
【祭祀神明】
除媽祖外，白馬尊王及陳將軍亦是常
見祭祀神祇，村落由靈驗事蹟起廟祭
拜者亦所在多有，引人入勝的傳奇故
事，也成為海嶼子民的信仰寄託。
聚落
宗教

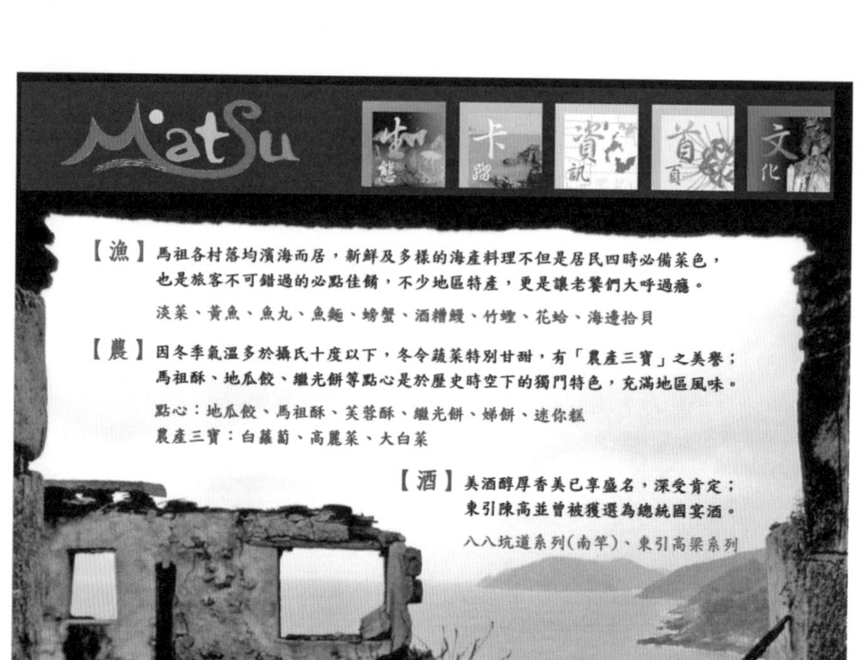

【漁】馬祖各村落均濱海而居，新鮮及多樣的海產料理不但是居民四時必備菜色，也是旅客不可錯過的必點佳餚，不少地區特產，更是讓老饕們大呼過癮。

淡菜、黃魚、魚丸、魚麵、螃蟹、酒糟鰻、竹蟶、花蛤、海邊拾貝

【農】因冬季氣溫多於攝氏十度以下，冬令蔬菜特別甘甜，有「農產三寶」之美譽；馬祖酥、地瓜餃、繼光餅等點心是於歷史時空下的獨門特色，充滿地區風味。

點心：地瓜餃、馬祖酥、芙蓉酥、繼光餅、娣餅、迷你糕

農產三寶：白蘿蔔、高麗菜、大白菜

【酒】美酒醇厚香美已享盛名，深受肯定；東引陳高並曾被獲選為總統國宴酒。

八八坑道系列(南竿)、東引高粱系列

>> 20道在地美食圖文介紹 <<

繼光餅，據是由戚繼光發明，圓餅中心有洞方便串起攜帶。口感十分有嚼勁，內多夾鮮蚵、蝦皮炒蛋，被稱為「馬祖漢堡」

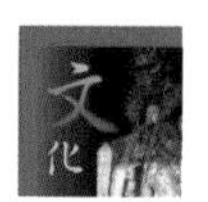

閩東之珠。

南竿北竿莒光東引

【中央氣象局】

天氣　氣候狀況及能見度不佳時，機場及航運可能停駛，平均氣溫也比台灣低 2-3度

潮汐　部分景點退潮時方能進入參觀，建議配合每日潮汐預先安排行程

【旅遊】

連江縣車船管理處　含南北竿班車一日遊、時刻表、行駛路線圖、租包車業務、假日觀光環島卡蹓公車

馬祖國家風景管理處

- 交通　航空、機場開放狀態、台馬輪、離島船舶、公車、小客車、機車、計程車
- 飯店民宿　含房間數、房價、電話、地址及國民旅遊卡特約商店資料
- 地區活動行事曆　讓你不錯過任何地區節慶及表演
- 地圖　南竿　北竿　莒光　東引　可下載 A4列印尺寸

各島及各主要村落地圖　from 馬祖資訊網

馬祖旅遊通　住宿、餐飲、租車、美食、釣魚、休閒娛樂等資訊

CTIN台灣旅遊聯盟一馬祖　自然欣歌、文化采風、芳饒馬祖、主題導覽、旅遊小管家、景點介紹

ETtoday漫遊馬祖　馬祖好好玩、好好吃、非看不可、住宿點、交通網、新新聞、影音特區

連江縣立醫院　門診掛號　各科別多只有每週固定數天門診，看診前需先查詢

旅行社、小三通　三菱旅行社　八閩旅行社　桃源旅遊　龍福旅行社　燕京旅行社

【資訊】

馬祖日報　報導馬祖大小事，還有歷史資料庫可查詢

馬祖資訊網　馬祖人在想什麼？討論什麼？聽聽真實的在地看法！

馬祖生活資訊電台　唯一在地廣播電台 FM 98.1，亦可網路線上收聽

【生態】　馬祖昆蟲生態導覽　燕鷗的故鄉一馬祖

東引

東引深度之旅

東引剪影、島嶼史話、景點導覽、特產簡介

前進東引、觀光影片、釣魚天堂、鄉誌、鄉政簡介

東引鄉誌

大事記、地理氣候、人民、軍事、經濟

文教、政事、風俗信仰、名勝古蹟、人物、藝文

飛向北竿　交通、旅遊建議、地理氣候、北竿之美、住宿餐飲、特產、休閒娛樂、旅遊寫真

北竿鄉誌　歷史、地理氣候、住民、政事經濟、文教、軍事、風俗信仰、觀光名勝、人物、藝文

芹壁村人文之旅　關於芹壁、住在芹壁、側寫芹壁、人文之旅、前進馬祖、活動特區

芹壁地中海民宿　來去馬祖、卡蹓馬祖、芹壁歷史、聚落重建、建議行程、景點、戰地風光

南竿

連江縣政府　縣長專欄、縣府組織、施政綱領、便民服務、無線寬頻

牛角聚落保存　牛角簡史、聚落保存、老屋春回、古厝特色、人物群像

鐵板社區網路日誌　鐵板社區資訊、好圖好文、新心聞報導、老照片

津沙文化村　民宿、關於津沙、逃聞、美景、交通資訊

馬祖津沙西澳聚落　影音、美圖、人文歷史、西澳聚落外一章

莒光

戀戀莒光　莒光新聞、旅遊資訊、東莒風情、西莒風情、古往今來

戰地風情

馬祖碉堡、軍營及站衛兵隨處可見，不少海邊奇礁異岩的自然奇觀不但是訪客必遊的觀光景點，更是因位居天險成為軍事要地。

險峻陡峭人跡鮮至的岩礁有如島嶼天然屏障，成為魚兒繁衍的天堂；相對的，也吸引不畏風浪、熱愛磯釣的釣客們大顯身手，享受"大咬"的樂趣。

磯釣

南竿 **北海坑道**

井字型，長640公尺
退潮方可進入參觀

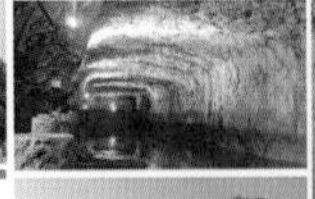

【馬祖縣樹】海桐

東引 **安東坑道**

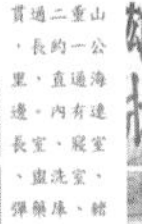

貫通二重山，長約一公里，直通海邊。內有連長室、寢室、盥洗室、彈藥庫、豬舍等空間規劃，入春至冬季可見黑尾鷗至此棲息。

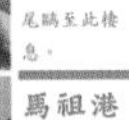

馬祖港

馬祖稍大之港口均有軍艦停泊，島上悠閒的小鎮風情和紀律分明、標語鮮明的軍營氣氛呈現截然不同的生活步調。

海上緩緩灑網捕撈的悠閒漁船、忙碌載貨奔波的各式商船，守衛巡邏的海防艦，揉合為獨一無二的馬祖氛圍——總同時有多元的海景可賞玩；海，又總是隨著光影、岩礁、沙灘，幻化出不同的美。

海

東引燈塔

造型優雅的燈塔建於東引東邊岬角上，完工於1904年，塔高14.2公尺，由英國工程師建造，為三級古蹟。

莒光東北角亦有東犬燈塔，建於1872年，白色花崗石外觀，是馬祖僅有的二級古蹟。

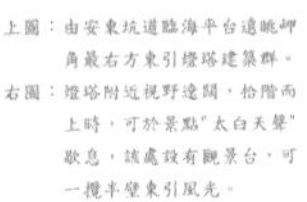

上圖：由安東坑道臨海平台遠眺岬角最右方東引燈塔建築群。
右圖：燈塔附近視野遼闊，拾階而上時，可於景點"太白天聲"歇息，該處設有觀景台，可一攬半壁東引風光。

岩礁

馬祖有豐富的海蝕景觀，尤其是東引，造訪過的旅客紛紛讚賞是風景最美麗的離島，特色紛呈的岩礁海景如烈女義坑、一線天、海現龍闕及燕秀潮音等，可讓人坐擁藍天碧海綠山奇岩，仔細觀察及感受自然的造化與傑作。

東引海景．異岩奇礁林立

光害少、視野好，漫天璀燦的星空讓人驚嘆屏息，良好的生態吸引了各式鳥類、魚類繁殖，神話之鳥(黑嘴端鳳頭燕鷗)、燕鷗、鱸魚及黑鯛等豐富資源更讓馬祖成為賞鳥與磯釣人士的最愛。馬祖亦有各種獨生種植物及昆蟲，春至秋季鳥語蟬喧蛙鳴不絕於耳，讓人領略及徜徉於天地大美。

華南狗娃花

鄒依純

台灣大學生物環境系統工程學系畢業。
現任中興工程顧問公司工程師。

設計理念

馬祖美景處處，網路上介紹文章不少，所附圖片卻多礙於篇幅，讓人有難攬細貌之嘆。故本次網頁設計除文字說明外，單元主題採相片藝廊方式，共以近百張高度爲六百像素的影像進行圖文介紹。以下爲各主題内容概述：

文化——媽祖傳說、天后宮、廟宇、節慶、閩東建築聚落特色等

美食——漁、農、酒等地方小吃、海鮮佳餚和名產特色

卡蹓——軍事據點、坑道、岩礁、海岸風光及各景點

生態——介紹生態特色、昆蟲、花卉、燕子與海邊拾貝等

資訊——搜羅整理網路上旅遊資訊，即便自助旅行亦可掌握充分資料，輕鬆成行

得獎感言

身爲曾自行規劃機票、住宿及行程，並隻身赴美日等國的自助旅行愛好者，深刻體認到網友們分享的觀光資訊及經驗，常是今日網路世代選定旅遊地點的決定性因素。

馬祖近年積極發展觀光，以景點密集、交通路線單純及民風淳樸等條件，極適推廣日漸風行的自助旅行。然因地區商家多小規模營業，網路資訊常是概括性的電話、地址及價位，少有系統化完整詳細且圖文並茂的說明（如：各餐廳招牌菜介紹、旅館設施及特色、各家名產異同……等）。相形之下，與已有眾人推薦之他處旅遊地點相比，規劃行程易有資訊質量不足之憾。

此次作品雖收錄近百張個人三年來所攝照片，然礙於篇幅及製作時間等限制，仍未臻將地區資訊詳盡記錄之理想，期日後能有機會和縣府合作，透過網路將馬祖美景分享給全世界。

〔評審側記〕

文學質素．歷史光影

黃筱威／整理

向來只被視爲戰略要地的馬祖，近年隨著中央政策的改變和地方政府的積極規劃，漸漸在台灣民眾的心中浮現不同以往的形象。連江縣觀光局爲鼓勵大家重新審視馬祖的特殊歷史背景、發掘馬祖之美，今年舉辦首屆「海上桃花源：觀光馬祖，文學啓航」的旅遊文學及電子網頁的徵選活動；兩個月期間共收到三百餘件作品，迴響比預期更爲踴躍，但由於許多作品格式不符規定，經過初、複審，最後進入決審的計「旅遊文學類」三十一件，「電子網頁類」七件。

決審會議於九十五年十一月八日上午，假明星咖啡屋舉行，由作家劉克襄、羊子喬、藍博洲、羅葉、沈花末、楊照、林文義擔任評審，並推選劉克襄爲會議主席；在說明評審原則、流程，觀光局王敦濤課長簡單致詞後正式開始。

「旅遊文學類」因作品數量較多，決審分兩階段進行。第一輪投票每位評審有四票，得到三票以上的有五篇，逐一進行討論。第一篇〈蹤影〉，楊照直言故事說服力不夠、細節有誤，但藍博洲與沈花末均認爲情感描寫動人；第二篇〈飛躍海峽中線後〉，藍博洲表示作者文字使用不太準確，楊照則肯定這篇作品在流水帳式的敘述中多了一些特殊經驗的細膩描寫，而多位評審建議作者更改篇名（乘船前往稱爲「飛越」有欠妥當）；第三篇〈福爾摩莎的福爾摩沙〉，劉克襄說具有旅行文學的魅力，楊照說太文藝腔但至少掌握文學性，羊子喬、沈花末則都認爲文章架構稍嫌細碎；第四篇〈有7—11眞好〉獲得多位評審的肯定，在地情感寫實而不濫情，並點出經濟問題，但也引發爭議，在地人寫「旅遊文學」似有犯規之嫌，最後，因文中顯然可見作者不再居住於馬祖，大家同意這仍符合徵文規定；第五篇〈夢想邊境〉，楊照表示這篇有提出幾點這次參選作品中少見的深刻想法，而羊子喬也認爲文學性很強。接著第二輪投票，每位評審按各自的排名高低給予五到一分，確定得分最高的〈夢想邊境〉爲首獎，次高的〈有7—11眞好〉、〈飛躍海峽中線後〉、〈蹤影〉爲優選，再其次〈福爾摩莎的福爾摩沙〉、〈一個人的旅行〉、〈千帆盡去西莒島〉爲佳作，得一分者爲入選作品。

「電子網頁類」，評審們一致認爲，國內第一次舉辦這類作品徵選，參選作品在內容撰寫及網頁編排上都差強人意，經過討論，決定首獎從缺，之後進行投票，李耀東、蔡岳樺與何佳佳三人作品同分列爲優選，蕭夢君、鄒依純作品則爲佳作。

〈評審綜合意見〉

有顏色的馬祖

沈花末

從未去過馬祖，但卻在這次「馬祖旅遊文學獎」徵文的閱讀過程中，旅遊了一趟馬祖。北竿、南竿，東引、西引，還有東莒、西莒，甚或馬祖列島最南邊的林幼嶼，出現在文章中的，不僅是這些看似對稱、有趣的地名而已，還有粉紅色的石竹、洋紅色石蒜、鵝黃色的月見草、紫色狗娃花、綠色相思樹，以及苦楝和金合歡等等，如此成就一個多顏色的馬祖。

不過，顏色是隨著季節輪替的。這是給樂好植物的人的衷心指引。來對季節就見得到自己戀著的顏色。

這其中還有動人的描寫：「在如蟻穴的坑道中，廊道的盡頭，有著一抹光，像所有的蔓生植物一般，我匍匐著意識往光那一頭前進。」（出自〈飛躍海峽中線後〉一文）「……，坑道裡極細微的光影變化，感受光的流動、漂移、或滅滅。」（出自〈蹤影〉一文）

這光，就是坑道經驗了。這，是給對坑道有興趣的旅人。

另外，給欣賞建築的旅人：「還有芹壁、津沙，花崗岩深鏤的石厝斜坡羅列，蠟灰色調、古拙而粗糙的，專屬閩東建築美學的獨特元素。」（出自〈夢想邊境〉一文）接著作者又說：「夢境，以風的速度迎面、掃過田野，野斑鳩咕咕啼叫，似對妳的美麗聲聲召喚。」

這已經是詩的氣質了。

這樣的文字敘述很富於文學意涵，令人對馬祖（列島）產生想像，並且就要前去印證。

〈評審綜合意見〉

書寫馬祖，驚豔多彩

林文義

或以書信形式，或以旅行記載，你如何描述馬祖列島？引述國家風景區管理處資料？還是由自身發於本心所感？旅遊文學的本質為何？皆是此次評審的重要考量。

旅遊說來易流於走馬看花，蛻化為文學則是創作。

評審的定義，個人著重於本心所感，而非景點描摹；這也多少兩難，傾向前者可讀出文學創意，後者則失之於景物複製，故我寧取文學而疏於純粹旅遊記載。

馬祖。除非曾久居之島民熟諳，只怕又流於昔時歷史所述之海盜之所，魚產洄游的老套；外地旅人對馬祖本就陌生，如何真正體驗其他者所未見之思，這需要涵養。

驚喜地發現，猶如初履閩東列島，季節相異所見之花鳥、食事、景觀、氣候、人情，各有展演，想見還是在書寫創意上，參選者皆各盡其力，呈現更大的可能。

像列島上夏之紅花石蒜，秋之小油菊，燕鷗棲息，黃魚洄游，可謂一種多彩之驚豔，值得向所有參選的寫手致上無限敬意。文學質感切莫失去，就從旅遊中尋出精髓。

最好的方式，就多往馬祖列島去吧！

〈評審綜合意見〉

獨特的島嶼旅行

劉克襄

不論文章好壞，進入決審的三十多篇旅遊書寫之文，恰恰足以組合成另一種文學式的，馬祖人文旅遊指南。透過這些稿子的報導和介紹，縱使未曾去過馬祖列島，相信經由這些散文的敘述，當有一番深入的認識。甚而對這個孤懸位台灣西陲的島嶼，產生至深的情感，以及對當地人文的基本認識。

在評定旅遊文學作品時，我們常會困惑。何謂好的旅遊文章，各家說法不一。有些人或以為夾議夾敘，帶有批判、反思內涵的，才是好的旅遊作品。也有人咸信，純然以觀光之角度，方能展現眞正旅遊文學的質地。更有人偏愛充滿在地精神，堅持透過長期觀察，方才能洗磨出好文章。這些觀點也反映在此次參賽的旅遊作品中。

此外，再加上島嶼旅行的獨特性，使得這個國內的旅行文學獎不僅讓人再思索旅遊文學的眞義，同時也微妙地體驗了某種異國情趣的風味。

旅遊網頁的設計，無疑是另一個充滿更大創意和挑戰性的創作比賽。作者除了得對網頁製作嫻熟，恐怕還得對馬祖當地人文內涵有著一定深入的了解，才能凸顯旅遊宣傳的重點，甚而在簡單的網頁封面精準地呈現精彩的地方特色。當然，以個人特殊風格的旅遊內涵，也能受到青睞，甚至更能展現一個人的獨特視野。這方面參賽的作品較少，也凸顯了大家對此一獎項的陌生，但咸信未來會有更多人參與。

〈評審綜合意見〉

不要只是隨緣走走

羅葉

地域性的縣市文學獎，在台灣已行之有年，而鎖定觀光旅遊爲主題的縣市文學獎（乃至電子網頁徵選），連江縣算是帶頭示範，這作法與戰地政務的廢止有關，而經濟轉型、鄉土復興、市場需求、交通改善等，都是推波助瀾的力量。

這次的馬祖旅遊文學獎以散文爲之，文限二千字，徵求相關的生活印象、旅行心得或遊覽感想，附上照片者尤佳。但七位評審在票決過程中並未針對任何一張照片有所褒貶，因此我認爲影像並未被列入計分，名次結果是依文學品味商議出來的。

文章內容不外乎：退伍回憶、外島記遊、探訪親友、前線面會等；有些作品的字數超長，有些被建議修改題目，有些近似虛構而頗受質疑，有些則是在地民眾的心聲而出現資格爭議。但大致上並未引發太多辯難，兩三輪投票後就敲定順序，顯示競爭還不激烈，有心參與者來年大有可為。

至於參選作品的質地，除了少數佳構，普遍並不深刻，這或許反映了大眾創作能力，而地域經驗與主題的雙重侷限更可能減少稿源，整體水平略低也就可以理解。有鑑於此，許多流於風光簡介的文章，無論描寫五島四鄉任何地點，多顯得浮泛「隨緣」、缺乏對風土人文的認識與關懷，極少現場人物的情感流動，行前與事後功課做得不夠，是一般遊客的通病，在觀光盛行的年代尤其值得我們正視。

國家圖書館出版品預行編目資料

夢想邊境：
觀光馬祖·文學啟航：
2006馬祖旅遊文學暨電子網頁徵選得獎作品集／
初安民總編輯. -- 初版. -- 連江縣南竿鄉：連縣府，
2006〔民95〕面；　公分

ISBN 978-986-00-7643-1（平裝）
1.福建省連江縣──描述與遊記
673.19/137.6　　95023589

夢想邊境──觀光馬祖·文學啟航

2006馬祖旅遊文學暨電子網頁徵選得獎作品集

發行人　陳雪生
總策劃　曹爾元
策　劃　王敦濤
執行策劃　陳松青
出版單位　福建省連江縣政府
地　址　20941連江縣馬祖南竿鄉介壽村76號
電　話　0836-25125　傳　真／0836-23016
網　址　www.matsu.gov.tw
承　製　**INK**印刻文學生活誌
地　址　23552台北縣中和市中正路800號13號之3
電　話　02-22281626
總編輯　初安民
責任編輯　田運良、施淑清
美術編輯　許秋山、張薰芳
印　刷　海王印刷事業股份有限公司
著作人　羊子喬、林文義、羅葉、歐陽嘉、羅世孝、蘇量義、藺奕、黃千華、曾彥勳、邱坤豪、黃溫庭、吳梅榮、林浩廷、鄒依純、陳江、邱麗文、陳國恩、彭碧玉、李耀東、蔡岳樺、何佳佳、蕭夢君、鄒依純
著作財產權人　福建省連江縣政府

初版一刷　2006年12月

GPN　1009503588
ISBN　978-986-00-7643-1
　　　986-00-7643-X
定　價　新台幣 240 元整

Printed in Taiwan

連江縣政府

NK INK INK INK INK INK IN
K INK INK INK INK INK INK
NK INK INK INK INK INK IN
K INK INK INK INK INK INK
NK INK INK INK INK INK IN
K INK INK INK INK INK INK
NK INK INK INK INK INK IN
K INK INK INK INK INK INK
NK INK INK INK INK INK IN
K INK INK INK INK INK INK
NK INK INK INK INK INK IN
K INK INK INK INK INK INK
NK INK INK INK INK INK IN
K INK INK INK INK INK INK
NK INK INK INK INK INK IN
K INK INK INK INK INK INK
NK INK INK INK INK INK IN
K INK INK INK INK INK INK
NK INK INK INK INK INK IN
K INK INK INK INK INK INK
NK INK INK INK INK INK IN
K INK INK INK INK INK INK
NK INK INK INK INK INK IN
K INK INK INK INK INK INK
NK INK INK INK INK INK IN

INK INK INK INK INK INK IN
K INK INK INK INK INK INK
INK INK INK INK INK INK IN
K INK INK INK INK INK INK
INK INK INK INK INK INK IN
K INK INK INK INK INK INK
INK INK INK INK INK INK IN
K INK INK INK INK INK INK
INK INK INK INK INK INK IN
K INK INK INK INK INK INK
INK INK INK INK INK INK IN
K INK INK INK INK INK INK
INK INK INK INK INK INK IN
K INK INK INK INK INK INK
INK INK INK INK INK INK IN
K INK INK INK INK INK INK
INK INK INK INK INK INK IN
K INK INK INK INK INK INK
INK INK INK INK INK INK IN
K INK INK INK INK INK INK
INK INK INK INK INK INK IN
K INK INK INK INK INK INK
INK INK INK INK INK INK IN
K INK INK INK INK INK INK
INK INK INK INK INK INK IN